肩ごしの恋人

唯川恵

肩ごしの恋人

装画——杉田達哉
〈最良の日〉一九九八年

1

さらさらとした陽が差し込む窓際の席に、花嫁花婿が神妙な顔つきで立っている。

今、乾杯の音頭がとられたばかりだった。グラスの重なる澄んだ音に続き、タイミングよくエレクトーンが流れ始め、拍手が沸き起こる。会場に和やかさが戻る。ボーイたちが、オードブルの皿を運び始める。

地中海料理が有名な青山のこのレストランで、流行《はや》りのレストラン・ウェディングを絶対したいと言ったのは、もちろんるり子だ。

青木るり子、いや、結婚したのだからもう室野《むろの》るり子だ、彼女が純白のウェディングドレス姿で満足そうなほほ笑みを浮かべている。

早坂萌《もえ》はシャンパングラスを口に運んだ。

この会場でいちばん落ち着いているのは、たぶんるり子だろう。結婚も三回目ともなれば慣れたものだ。

短大を卒業して一年後に一回りも年上の上司と結婚し、二年で別れた。その一年後には学生時代からのボーイフレンドと電撃的に結婚、わずか半年で離婚。まったくよくやるものだと呆れてしまう。

三回目にもかかわらずこんな大げさなことができるのは新郎の室野信之《のぶゆき》が初婚だからだ。もちろん、るり子が三回目の結婚などということは、あちらの親戚友人仕事関係者には知らされていない。るり子側の出席者が少ないのは、さすがに三回目ともなると親戚を招待するわけにもいかず、あまり過去の事情を知らない最近知り合った上司や友人ばかりを集めているからである。

それにしても、三回とも招待されたこっちの身にもなって欲しい。そのたびにそれ相応のお祝い金を包まなければならないし、着るものにも気を遣う。

招待状を受け取った時、皮肉もこめて前の式の時に着たワンピースを着てやろうと、クローゼットの奥から引っ張りだしてみたが、流れる月日は恐ろしい、まったく似合わないのだった。結局、一回着ただけでリサイクルショップ行きになるわけか、とため息がでた。それで慌ててダナキャランのスーツとシルクのブラウスを買ったわけだが、一人暮らしの身としては、結構きつい出費だ。もちろん、るり子がそんなことに気が回るはずもない。

それにしてもるり子は綺麗だ。シフォンをふんだんに使ったドレスがよく似合っている。白く透き通るような頬はばら色に染まり、スピーチにはにかむ様子や、上目遣いにちらりと新郎を見る姿などは、まるで処女のようだ。

あの顔に何人の男が騙《だま》されたことか。いいや、男だけじゃなく、女だって騙される。そして、それは自分にも言えることだった。萌はオードブルの魚介のテリーヌにフォークを突き立てた。

幼稚園で初めて一緒になった時から、不本意ながら、萌はいつもるり子の騎士役だった。それは本来、男の子が任されるべき役回りなのだろうが、何かあるとるり子は必ず萌に泣き付いてきた。そのために周りの男の子から嫌われたり、女の子たちから総スカンをくらったこともある。損な役割だとわかっていても、るり子のあの可愛い顔で泣き付かれると、ついイヤとは言えなくなってしまう。

高校でやっと別の学校になったが、大して変わりはなかった。その頃はまだ家も近かったせいで、用もないのに、よくるり子は遊びに来た。そうして、好きでもない男の子に告白されて困っているとか、友達の付き合ってる男の子が私を好きで三角関係の真っ最中とか、そんな話を聞かされた。貰ったラブレターを見せられることもあった。内容は、これが高校生の文章かと思えるほど幼稚で「好きで好きでたまりません」とか「あなたは僕の理想の女の子です」とかいうようなことが、てにをはも不完全に書かれてあった。

男の子の低レベルにはぐったりしたが、何より、男どもはいったいるり子のどこを見てるのだろう、と呆れてしまう。こんな見かけ倒しの女はいない。優しくて、可愛くて、女らしい、という皮を一枚めくれば、気紛れで、自惚《うぬぼ》れ屋で、浅はかでしかない。だいたいるり子は誰よりも自分が大好きな女だ。自分が大好きな女ほど、始末に悪いものはない。

それで二年に一回ぐらいは大喧嘩をするのだが、結局、また元に戻ってしまう。

もともと自分を省みるというような高尚な習慣のないるり子は、昨日あったことはすべて忘れる猫科の女である。そんな相手に怒り続ける方が無駄なエネルギーを使うことになると知ってからは、萌も馬鹿らしくてまともに取り合わなくなった。そういった付き合いが五歳の時からだから、何と二十二年間も続いてきたことになる。

ぼんやりしていると、早くもお色直しのために花嫁退場だそうだ。今日は何回着替えるつもりだろう。最初の結婚式は豪勢なホテルで、白無垢、打掛け、ウェディングドレス、赤いカクテルドレス、濃紺のドレスと、恐るべき回数だった。二回目はカクテルドレス一回分が減った。さすがに今回は、これでやめておいてくれればいいのだけれど、と思う。

ふと見ると、隣の招待客の皿の上で、美しいテリーヌが無残にばらけ、海老だけが器用に隅に除かれている。いくらか非難の目を向けてから、ふっと止めた。クールな顔立ちのなかなかいい男が座っていた。

このテーブルは、るり子の友人たち五人で囲んでいる。男性がふたりで、女性が三人。女性のひとりは英会話教室、もうひとりはワイン教室で知り合った友人だと聞いている。男性ふたりの方はよくわからないが、皿の隅によけられた海老を見て、思い当たるフシがあった。

「海老、お嫌いなんですか？」

声をかけると、男はちょっと照れたように頷いた。

「ええ、実はそうなんです」

笑うと、奥二重の目が温和に細くなる。対照的に口元にちょっと癖があり、それがいかにも世間慣れしているといった感じがするが、決して悪い印象を与えるわけではない。

この男か。さすがのるり子も落とせなかった相手というのは。

半年前まで、るり子から聞かされるのはこの男の話ばかりだった。といっても、るり子が話すのは、いつでも男かブランド製品か芸能人のことしかなかったので、ほとんど聞き流していたのだが、その話だけは印象に残っていた。

「彼ったら海老が嫌いなの。ねえ、そんな人がいるって信じられる？　海老天も海老フライもシュリンプカクテルも海老しんじょもお寿司の甘海老も伊勢海老のグラタンも、みんな嫌いなんですって」

るり子は海老が高くておいしいものの代表だと思っているようなわかりやすい女だから、そういう人間がいることが不思議でたまらなかったのだろう。

「それでね、一緒に食事している時に言ったのね、海老が嫌いなんて変わってるって。そしたら彼、言ったわ。みんなが好きでも、僕が好きだとは限らないって。ねえ、それってもしかしたら私のこと？」

るり子にしてはなかなか深い判断をしたものだと思う。実際、しばらく付き合ったものの、彼は離れていった。というのも、男にはすでに上司の娘という婚約者がいたからだ。泣きながら、怒りながら、嘆きながら、るり子は言った。

「その婚約者っていうのが、ひどいブスなの。おまけに国立大を出てるような可愛げのない女なのよ。私、男がわかんなくなったわ。女は綺麗で、セックスがよくて、一緒にいて楽しいこと以外、何が必要なの？」

二回の離婚でも、るり子はまったく何の学習もしていないのだった。

萌は男の左手薬指に目をやった。まだ新しいプラチナのマリッジリングが光っている。あのるり子に落ちなかった、というだけで、萌はいくらか関心を持った。それで、わざと聞いてみた。

「るり子とは、どちらで？」

「半年ちょっと前くらいに、彼女が派遣されてた会社で一緒だったんです」

ドイツ車専門の輸入会社だ。るり子は二回目の離婚が成立すると同時に派遣会社に登録し、三ヵ月から半年という短い期間で会社を転々とするようになっていた。受付が主な仕事で、美人で愛想のいいるり子はなかなか評判がよかったそうだが、もちろん彼女は労働に生きがいを見付けられるタイプではなく、目的は新たな男を探すことだった。そのためにも、会社がちょくちょく変わる派遣社員は都合がよかったというわけだ。

お色直しを終えてるり子が入って来た。萌は思わずワインをこぼしそうになった。ドレスはピンクで、スカートのレースは段々になっていて、おまけに腰に大きなリボンが結ばれていた。頭のティアラが揺れている。るり子がきゅっと唇の両端を持ち上げて笑っている。いちばん得意な時の表情だ。さすがに二十七歳になってのふりふりやぴらぴらはつらいのではないかと思うが、新郎は照れながらもどこか嬉しそうだ。

「すごいね、彼女」

海老嫌いの彼がため息まじりに言った。

「ほんと、るり子にしかできない芸当だわ」

萌は同調する。そして、付け加える。

「でも、まあ、本人が幸せなんだからいいけど」

萌は息を吐き出した。どんなに趣味が悪くても、自分だったら死んでも着ないドレスでも、あの笑顔を見ると「ま、いっか」と思ってしまう。るり子はいつだって、自分が幸せになるための努力を惜しまない。他人に嫌われたって笑われたって意に介さない。愚かで、そして、そこが愛しい。

ケーキカットが始まった。小さなシュークリームを重ね合わせたクロカンブッシュだ。るり子の兄が中腰になってビデオを撮っている。そう言えば、前の二回も同じことをしていた。学習がない、というのはるり子の家系なのかもしれない。

再び、拍手が沸き起こった。幸せに、という声が飛んでいる。笑顔で応えるふたりがいる。るり子は涙ぐんでさえいるように見えた。

スピーチが始まった。すでに前の二回をしているので今回は勘弁してもらい、萌はゆっくり食事を楽しんでいた。さすがに魚介類が自慢のレストランだけあって、鮑《あわび》がとろけそうに柔らかくおいしい。

「えー、おふたりは明日ハワイに発ち、たっぷり甘い時間を過ごすわけですが、どうぞ腰など痛めないよう……」

そんな一〇〇年前からあるようなスピーチに、会場のあちこちから小さく笑い声があがった。今日から彼らは夫婦だ。これからは世間公認のセックスをするようになるわけだ。それはそれですごく恥ずかしいことだ。

そう言えば最後にセックスをしたのはいつだったろう、と萌は考えた。頭の中で時間を逆算してゆく。確か半年前だ。場所は、あの頃ちょくちょく使っていた渋谷のラブホテルだ。悪くないセックスだった。

その相手は今、るり子の隣でとろけた笑顔を見せている。

「彼女とは長いの？」

海老嫌いの男が尋ねた。料理がちょうど肉に変わったところだった。魚もいいけれどやっぱり肉、という貧乏性のところがある日本人には欠かせないメニューだ。フィレステーキにきれいな色の赤ワインソースがかかっている。

「幼稚園の時からよ」

「ふうん、幼なじみってやつだ」

「そう、それ。じゃあ私からも聞かせてもらうけれど、あなたって、るり子と何回かやったけど結局上司の娘と結婚した海老嫌いの男よね」

三秒ほど男の手は止まっていたが、やがてゆっくりと向けた顔には笑みが戻っていた。

「そう、それ」

萌は男を見直した。あっさり認める態度は、却って感じがよかった。

「どうしてるり子じゃ駄目だったの？」

更に尋ねた。

「彼女はいい子さ。すごく魅力的でもある。でも残念なことに、僕の将来に必要なのは上司の娘の方だったんだ」

「そう」

「でも、彼女はもう僕のことなんか忘れてるよ。あの幸せそうな顔を見ればわかる」

「あなたにそれを見せ付けたくて招待したのかもしれないわ」

「それはそれで構わないけどね」

「余裕ってこと？」

「少しでも付き合ったことがある女の子に、幸せになってもらいたい、と思うくらいの余裕はあるつもりだよ」

ふうん、と思った。

海老を食べられない男が、フィレ肉を口に運ぶ。

「ねえ、この披露宴の後の予定は何かあるの？」

言ってから萌はパンをちぎって口の中に放りこんだ。

「もしかして誘ってくれてるの？」

「聞きたいのはイエスかノーだけ」

「せっかちだね。もちろんイエスさ」

宴も終盤に入った。まさかとは思うが、両親への花束贈呈というのをやるのだろうか。さすがに三度は見たくない。

けれどその願いも虚しくセレモニーは行なわれた。るり子の両親が、まるで初めて娘を嫁に出すような切ない表情で、何度も目にハンカチを当てている。学習能力がないのはやっぱり家系なのだった。


まだ三時前で、この時間にアルコールが飲める店など知らない。

ワインの酔いが心地よくて、今更お茶なんかでそれこそお茶を濁したりしたら、興醒めしてしまいそうに思えた。

「どこに行こうか」

男が尋ねた。

「そうね、じゃあホテルにしましょうか」

「いいね」

ホテルのラウンジなら昼でも飲める、という意味だったが、男が勘違いしているのはすぐにわかった。けれど、敢えて訂正はしなかった。内心、それならそれも悪くないと思っていた。

後は任せておくと、男はタクシーを止め、車内から携帯電話で部屋をリザーブし、物慣れた様子でそれなりのホテルに案内した。

るり子と較べてもしょうがないが、自分は行きずりの男と寝るような短絡さは持ち合わせていない。かと言って、酔ってはしゃいで目醒めた朝に、ベッドの中で後悔する相手の顔を見てしまったこともないことはない。萌ははすかいに男の顔を見た。ハンサムだし、とりあえず堅気の職業についているし、新婚だ。後で面倒が起こることはない。そして何より、るり子が寝た男だと思うと、どこか安心するのだった。

ただ、半年ぶりなので、手順を忘れたんじゃないかと少し心配になっていた。

セックスは習慣のようなものだから、あればあったで、なければないでどうにでもなる。男が欲しくて夜な夜な身悶えする、なんていうのは男の幻想か、よほどホルモンの分泌がいい女なのだろう。ただひょっこり誰かとしてしまう夢を見たりすると、そろそろまずいかなと思う。その相手がまた、近所のコンビニのお兄さんとか会社の窓際のくたびれた上司とか、とんでもない男だったりして、目が覚めてからげんなりする。もしかして潜在意識の中で彼らに好意を抱いているのかも、とも思うが、どう考えてもそんなことはありえない。しばらく彼らと顔を合わす度にどぎまぎするが、じきにそれも忘れてしまう。結局、萌にとって性欲なんてそんな程度だ。

着いたのは新宿の洒落たホテルだった。部屋に入り、服を脱いでシャワーを浴びる。歯は磨いたが、化粧を落とすわけにはいかない。ここまで来て、今さらうろたえるつもりはないし、下着をつけるかはずすかで悩むほど初心《うぶ》でもない。萌は久しぶりに頭で考えることをやめにした。

抱き合うと、男はつるつるした肌をしていた。ゴルフしかしていないようないくらか頼りない背中の筋肉に手を回して、キスをした。自分の口の中に、他人の舌が入り込んでくる瞬間、いつもびっくりする。やられてる、という甘美な被害者の気持ちになる。かすかにワインソースの味がした。

男の指がショーツの隙間からヴァギナに入ってきた。ちょっと痛い。少し我慢していると、やがてその辺りがゆっくりと温まってゆく。同時に緊張もほぐれてゆく。括約筋が動きだすのを感じた。

萌は目を閉じ、耳をふさぎ、感覚だけに集中した。

着替えていると、携帯電話が鳴り始めた。ストッキングを履くのを途中でやめて、それをバッグから引っ張り出し、耳に当てた。

「今、どこ？」

すぐにるり子の声が飛び込んできた。

「えっと、マンション」

「嘘ばっかり。柿崎さんともうやっちゃった？」

「誰、それ」

「とぼけないの、海老嫌いの男よ」

「ああ」

萌は振り向き、鏡の前でさかんにネクタイの結び目を気にしてる男に目をやった。名前を聞いてなかったことに、その時、初めて気が付いた。

「違うわよ」

「披露宴の時、結構、親密に話してたの見てたんだから。帰りも一緒だったのも、ちゃんと知ってるんだから」

「さすがだけど、違うわ」

「どうだった彼？」

「だから、誰」

「今さらそういうの、面倒臭いからやめようよ」

萌は思わず肩をすくめた。

「わかったわ、るり子が新婚旅行から帰って来たら、ゆっくり話すから」

「ほんと、ぜったいよ、楽しみにしてるから。じゃあ今はここまでにしておいてあげる」

はしゃいだ声を上げて、るり子が電話を切った。

「趣味が悪いよ、そういうの」

男の声に、萌は振り返った。

「なに？」

「彼女と、僕の品定めをするつもりなんだろう」

「いやね、しないわよ」

「女同士のそういうとこ、男には理解できないなぁ」

理解なんかできるはずがない。してもらいたいとも思わない。女はいつだって、女であるということですでに共犯者だ。ましてや、るり子とは五歳の時からの付き合いだ。

萌はブラウスの背中のファスナーを自分で上げると、勢い良くジャケットを羽織った。

「ね、おなかがすいちゃったわ。何か食べてかない？」

男がちらりと腕時計に目をやる。それに気付かないふりをして、ポーチから口紅を取り出すくらいの意地悪は許されていいような気がする。

「まあ、いいけどさ」

はっきり断れない自分の弱さを、たぶんこの男は思いやりと誤解しているだろう。こう見えて、意外と人が好いタイプなのかもしれない。

「パスタがいいな、海老のたっぷり入った」

「勘弁してくれよ」

男があまりに期待通り情けない声で言ったので、萌はすっかり楽しくなって、笑いをこらえながら口紅を引いた。

2

どうして結婚したとたん、こんなにセックスがつまらなくなってしまうのだろう。

シーツに顔を押しつけて、口を薄く開けながら、気持ちよさそうに寝息をたてている信之を残して、るり子は、ベッドから抜け出した。

サイドテーブルのデジタル時計に並んだ数字は5：02。完璧に時差ボケだった。冷蔵庫のエビアンを手にして、バルコニーに出る。海はすでに準備万端整えている。海風は潮で少しべたべたして、昨夜せっかくていねいにブローした髪をしんなりさせたが、そんなことなど少しも気にならなかった。ハワイの海が大好きだった。ここに来ると、いつも頭の半分を海に明け渡してしまうことにしている。

前の二度の結婚も、新婚旅行はハワイだった。信之には内緒だけれどホテルも同じだ。さすがに部屋は違うが、レストランはおいしいし、ショッピングセンターは目の前だし、スタッフは親切だし、ビーチには海亀もやってくる。せっかく気に入ったホテルがあるのだから使わない手はない。

他人が聞いたらきっと「何て無神経な女」ということになるのだろう。実際、るり子は自分が周りの女たちからそう言われていることは知っていた。知ってはいたが、どうしてそう言われるのかはわからなかった。

思った通りにしないと気が済まない女。自分のことしか考えない女。他人を傷つけるのが平気な女。何事においても我慢ができない女、ということらしい。

それを聞くたび、ふうん、と思う。確かにるり子は我慢が大嫌いだ。我慢なんて、少しも自分を幸せにしてくれない。自分を幸せにできないことをどうしてしなくてはならないのだろう。

裏庭のプールを掃除している男の子が、バルコニーのるり子に向かって手を振った。ポリネシアンの可愛い少年だ。もちろんるり子は笑顔で振り返す。可愛くて愛想がいい男なら、年齢を問わず、みんな大好きだ。

信之が何か言ったような気がして部屋を振り返った。彼は寝返りをうって、こちらに背中を向けた。彼の肩甲骨が健康的に突き出しているのが見える。

もちろん信之とは結婚前からセックスしまくった。時にはＳＭを試したり、イメクラごっこをしてみたり、脇腹が吊るような体位にトライしたりと、刺激的に過ごしてきた。なのに結婚式を終えて、こうしてハワイに来て一緒にベッドに入った昨夜、今からすることが急につまらないことのように思えて、るり子はすっかりその気を失った。

「眠いから、寝る」

と言って、先にブランケットの中に潜り込むと、信之はびっくりしたようにベッドの上で正座した。

「どうして」

「眠いの」

「初夜だよ」

「飛行機、長かったんだもの」

「機内食食ったら、美容液たっぷり塗って、すぐ寝ちゃったじゃないか」

「それでも眠いの」

「じゃあコーヒーでも飲む？」

「いらない」

「なにか怒ってるの？」

「だから言ったでしょ、眠いの」

「………」

「おやすみ」

いっそ腹を立てて、強引にシルクのナイトウェアをひっぱがしてくれたらいいのに。そうしたらその気になるかもしれないのに。なのに信之は悄気《しょげ》て、ひとりでぶつぶつ言いながら、テレビのスイッチを入れた。

少年がプールに落ちた葉っぱを柄の長い網を使って拾い上げている。十二、三歳くらいだろうか。ポリネシアン系の少年はみんな天使みたいに可愛い。

何でセックスがつまらなくなったのか、本当はるり子は知っている。これでイベントがみんな終わったからだ。

考えてみれば、前の二回の結婚の時も、ハワイに来た時点で同じようなことを感じたように思う。結婚式までは本当にエキサイティングで、毎日が楽しくて仕方なかった。彼の気持ちをこっちに向かせたり、前の彼女からのいやがらせに立ち向かったり、プロポーズをセッティングしたり、向こうの両親の反対を説得したり、ウェディングドレスを決めたり、泣いたり、拗《す》ねたり、怒ったりしながら、合間にせっせとセックスをしまくって、とにかく忙しい日々を送る。そして、晴れやかなスポットライトを浴びて、女優のような気分になる。

ところが結婚式を済ますと、何だかみんなに「今日から大っぴらにセックスします」と宣言したような気分になり、急にしゅるしゅると体中から空気が抜けてぼんやりしてしまう。

最初の結婚は二年だった。何せ不倫の末の掠奪結婚だったから、とにかくドラマチックだった。奥さんが包丁を持ち出した時なんか、これで私もワイドショーに顔が出るのね、と思わず画面に映る写真のことを考えた。短大の卒業写真だけは使わないで欲しい。風邪をひいていて、目なんかまともに開けられないくらい腫《は》れた状態で撮ったものだ。それで気に入ったのを何枚か本気で用意しておいた。

あの時は両親に泣かれるし、奥さんは半狂乱だし、周りからは人でなし呼ばわりされるし、と、まさに禁断の愛の王道をいっていて、肩で息をするような毎日だった。今でも、あの時の自分の情熱を思うとうっとりする。

そこまでして結婚したのに、式を終えて新婚旅行にこのハワイに来た時、彼が知らない誰かに見えた。あんなに年中濡れていて、五分でもふたりになれる時間があればセックスをしてたのに、自分でも不思議な気がした。

それでも、あれだけ大騒ぎした末の結婚だから、すぐに別れたのでは格好がつかないと、二年続けた。今も思う。二年もよく頑張ったものだ。

二回目の結婚は、かつてのボーイフレンドの付き合っている女を見た時から始まった。

彼とは、西麻布のクラブで偶然に再会したのだが、その時連れていた彼女のウエストが五十四センチぐらいで、脇の下のムダ毛の処理は完璧で、顔は拳ぐらいの大きさしかないような女だった。それだけでも腹立たしかったが、るり子がどこを探しても手に入れられなかったエルメスの黒のバーキンを持っていたのを見た時、絶対、彼をモノにしてやると誓った。

彼とこっそり連絡を取り、付き合いが始まると、どこで調べたのか、女は時々、るり子の自宅や携帯に無言電話をかけてきた。そんなことぐらい平気だった。むしろますますやる気がたかまった。

もちろんそう長くはかからず彼女を蹴落とし、彼との結婚はかなえられたが、エルメスの黒のバーキンは今も手に入ってない。彼を手に入れるより、その方がずっと難しいとわかった時、何だか急に彼が安っぽく見えて、別れることにした。

アホ。

と、それを聞いた時、萌は言った。何で関西弁なのかはわからなかったが、その表現は妙にはまっていて、るり子も自分を「アホだなぁ」と思った。けれど、悪いことをしたとは思っていなかった。幸せになろうとする時に失敗はつきものだし、ましてや罪になるはずもない。

だからこそ、今度こそは、と思ったのに。

と、るり子はため息をついた。

信之は、かつて萌が付き合っていた男だ。親友の恋人、というのはそれだけで十分に盛り上がる恋愛の要素を含んでいたし、何より信用できた。

るり子は二回の失敗で、すでに自分には男を見る目がない、ということが薄々わかっていた。その点、萌の付き合っている男なら安心だ、間違いはない。だからこそ必死になって信之の気をひいた。

前に、「何でそんなに結婚したいの？」と聞いた女がいる。今時、結婚するより気楽で自由な独身の方がずっと楽しいというのである。るり子は彼女を可哀相に思った。結婚というものを全然わかってない。男は女を守り、尽くすために存在している。専属の騎士をひとり雇ったようなものだ。独身は確かに気楽で自由かもしれないが、結婚を面倒で不自由なものにしているとしたら、それは相手ではなく、自分自身だ。るり子にしたら、独身の時よりもっと気楽でもっと自由になれる。

萌とは長い付き合いというのに、それまで一度も恋人を紹介してくれたことがなかった。信之のことも、たまたまふたりが一緒のところを青山の交差点で見つけて、強引に合流したのだ。もちろんるり子も男連れだったが、所詮本命ではなく、ダイヤのクロスペンダントをプレゼントさせたら別れるつもりでいて、ちょうどその日にプレゼントされていたので、どうでもよかった。

「一緒に飲みましょうよ」

と言った時、萌は簡単に「いいよ」と言った。萌はいつまでたっても、女には作為がある、ということに気が回らないのだった。そうして、飲んでる間にこっそり信之の携帯電話の番号を聞き出した。

もちろん、翌日、電話した。

「相談にのって欲しいことがあるんです」

その夜に会った。

信之は思った通り善良で、単純で、その上おっちょこちょいだった。すぐに、陥落した。

ひと月ほどして、ふたりのことを萌に告白した時「あっそ」と短い答えが返って来ただけだったので拍子抜けした。

「それだけ？　彼と結婚するかもしれないわよ」

「いいんじゃない。今度こそ、ちゃんとした奥さんになりなさいよ。彼、出世は望めないけど、いいダンナ様になると思うわよ」

何でもっと泣いたり、怒ったり、絶交するとか、しないのだろう。るり子に「ごめんなさい」と言わせたり、引け目を感じさせてくれないのだろう。

何だかだんだん腹が立ってきた。

そう、みんな萌のせいだ。せっかくの新婚旅行が楽しくないのは、萌があまりに淡々としているからだ。

るり子は部屋に戻って受話器を取り上げた。東京の萌のマンションの番号を押したが、留守番電話とわかって、今度は会社に掛けた。信之がむっくり起き上がって「どうかしたの？」と、寝呆けながら聞いたが無視した。

「はい、早坂でございます」

交換台から回されて、萌の気取った営業用の声が聞こえた。

「ねえ、本当は怒ってるんでしょう？」

「は？」

「私のこと、怒ってるわよね」

萌はようやくるり子からの電話とわかったらしい。

「何が」

急にいつもの、どこか人を食ったような低い声に戻った。

「信くんのこと、取っちゃって」

「どうかしてんじゃない？」

「本当は怒ってるのよね。私は萌の恋人だった男と結婚したんだもの、怒って当然よね」

「そんなことで、わざわざ電話してきたの。勘弁してよ、こっちは仕事で大変なんだから」

「私だって大変なのよ。夫婦の危機なんだから。正直に言ってよ、怒ってるって。何を言われても、私、怒らないから」

「あんたが怒ってどうするのよ」

「萌が怒らないと、私が怒ることになっちゃうのよ」

萌のため息が太平洋を横断して、るり子の耳元に届く。

「カレーパンのこと覚えてる？」

唐突に萌が言った。

「え？」

「中学の時、私、すごく好きだった。そうしたら、るり子もはまって、毎日カレーパンばっかり食べ始めたじゃない。いつも制服のブラウスに黄色いシミが飛んでるの。時々、食べてないのに私のブラウスにもついてた。迷惑したわ。指は油でぎとぎとだし、吐く息はカレー臭いし、それでも三ヵ月間、あんたは毎日食べ続けた。見てる方が気持ち悪くなった」

「それがどうしたの？」

「そしてピタッとやめたの。やめたら見向きもしなくなった。で、その次はぷっちんプリンを三ヵ月、毎日食べた。その次は都こんぶを三ヵ月」

「だから？」

「そのどれも私の好物だったのに、今は三つとも食べられない」

どう返せばいいのかわからなかった。

「つまり、やっぱり怒ってるってことよね」

「わかんない奴ね。るり子が手を出したとわかった時点で、もういいって思ったってことよ」

「だから、披露宴の帰り、柿崎さんとやっちゃったの？」

「ふうん、そうくるか。言っておくけど、その件に関しては、そこまで面倒な理由なんかないわよ」

「じゃあ、本当に怒ってないの？」

「ぜんぜん」

るり子は思わず声を高めた。

「ちゃんと怒ってよ、私のこと羨ましがってよ」

しばらく沈黙があって、萌が言った。

「アホらしくて、付き合ってられない」

あっさりと電話が切られ、腹立たしい気分で振り向くと、信之が相変わらず呑気そうに眠りこけている。今の電話を聞いていて「柿崎って誰だ」と責めるような状況にでもなってくれれば、少しは面白くなるのに。

るり子はベッドに勢い良く乗って、信之の頭を思いっきりひっぱたいた。

「何だよ！」

信之が悲鳴を上げて飛び起きた。

「どうして、ぶつんだよ。何怒ってんだよ」

信之はぼさぼさの髪のまま、訳のわからない顔で目をしばたたかせている。

人が好いっていうのは、人をイライラさせるってことだ。優しいっていうのは、どんくさいってことだ。しわくちゃになった信之の赤と白のギンガムチェックのトランクスを見たら急に泣けてきて、るり子は声を上げげた。

「いや、いや、こんなのいや」

「るりちゃん、どうしたの、お腹でも痛いの？」

信之がおろおろし始めた。いったい私を幾つだと思ってるいるのだろう。違う違う、とるり子は首を振った。信之はひたすら心配しながら、るり子を愛しく見つめている。

「何があったか知らないけど、いいよ、いいよ、好きなだけ泣いてもいいからね」

信之に抱き寄せられ、髪を撫でられているうちに、何だか少しエロチックな気分になってきた。

「信くん、いつまでも私を愛してくれる？」

と言うと、信之は目を潤ませて大きく頷いた。

「当たり前だろ。一生、僕が守ってあげる」

「嬉しい」

るり子は信之の首に抱きついた。

「と、いうわけで結局、しちゃったの」

と言うと、萌はバジリコのパスタをフォークに絡めて口の中に押し込んだ。

「ああ、くだらない」

「ほんと、くだらない」

言ったるり子も同感だった。どうしてセックスの話は、した時点でこうも面白くなくなってしまうのだろう。

ふたりは、麻布のイタリアンレストランで食事をしていた。萌の隣の席には、るり子の新婚旅行のお土産のプラダの赤いポーチが置いてある。

「まさか、別れるなんて言い出さないでしょうね」

「まだ大丈夫よ」

「まだってことは、近いうちにあるかもしれないってこと？」

萌がワイングラスを持つ手を止めて、上目遣いに見た。

「そうじゃないけど、でも、どうしても駄目だったら別れるしかないわよね」

「勘弁してよ、それが新婚旅行から帰ったばかりの新妻が言うセリフかね」

萌がテーブルの上に乱暴にグラスを置いた。

「言っておくけど」

その拍子にワインがこぼれ、淡いグリーンのテーブルクロスに点々とシミが浮かんだ。

「信之と別れるならお祝い金の三万円と、披露宴のために新調したダナキャランのスーツとシルクのブラウスの代金は絶対に返してもらうからね」

るり子が上目遣いで見る。

「セコいこと言うな、私の一生の問題だっていうのに」

「どこが。あんたはもう三回も結婚してるのよ。普通の女だったら『こんなキズモノもらってくれて感謝してる』とか『いっそ尼寺にでも入ろうか』って心境になるんじゃないの」

「なろうと思うのよ。なれたらいいなって。なりたいの。でも、なれないの」

「何で」

「たぶん、私は鮫科の女なんだと思う」

「はぁ？」

「鮫って、常に泳いでないと死んでしまうんだって。私も常に愛に翻弄されてないと生きてゆけないのよ」

「あっそ、だったら死ねば」

萌は本当に冷たい。口が悪くて、態度がデカくて、何でこんな女と二十二年も付き合っているんだろうと、つくづく自分が不思議になる。

るり子は自分が小さい頃から可愛いのを知っていたし、それが同性の反感を買うこともわかっていた。だからといって、わざと男っぽく振る舞ったり、自分をブスに見せる努力を払ってまで、女の中に留まりたいとは思わなかった。女たちにどれだけ嫌われても、可愛い自分をひけらかした。男たちはみんな味方だったが、女たちからは露骨にいじめられ、無視もされた。もし萌がいなかったら、ずっとひとりだったろう。

萌は嘘をつかない。るり子に面と向かってアホと言うのは彼女だけだ。「その服はあんたに全然似合わない」「新聞はテレビ欄だけじゃなくて、たまには一面から読め」「胸をわざとらしく突き出すな、下品この上ない」「ピーマンを残すな、子供じゃあるまいし」萌はどうしようもなく口が悪く、強情で、屈折していて、理屈やだ。こんな可愛げがなく、傲慢で、そして優しい女は見たことがない。

「遅いなぁ」

るり子はドアを振り返った。

「あら、誰か来るの?」

「まあね」

ちょっと意味深に笑って、ワイングラスを口に運んだ。

「ふうん」

萌がサラダの皿にフォークを伸ばす。

「ちょっと、萌」

その手元を見ながら、るり子は思わず不機嫌な声を出した。

「なに?」

「どうして聞かないのよ」

「なにが?」

「誰が来るのかって、どうして聞かないの」

「聞いて欲しいの?」

「聞くのが普通でしょ。それが会話の流れってもんでしょ。ツッコミがあればボケがある。ツーと言えばカーとくる。だいたい萌は、私が興味あるのは男か芸能人かブランド製品だけだと思ってるようだけど」

「違う？」

「それはそうだけど、とりあえず受付嬢も長くやって、会話のエチケットってものぐらいはちゃんと知ってるわ」

萌が面倒臭そうに肩をすくめた。

「わかったわ、聞けばいいんでしょう。で、誰が来るの？」

るり子は満足して、たっぷりと笑顔を作った。

「ふふ、内緒」

萌が呆れている。こんな会話をよくまあ二十二年間も続けてきたものだ、と彼女も思っているに違いない。

「あ、来たわ」

ようやく待ち人の姿を認めて、るり子が手を上げた。

「ここ、ここよ」

萌がるり子の視線を追う。

そこには、少し困惑したような表情を浮かべて、海老嫌いの柿崎が立っていた。

るり子の考えることは、どうしてこう埒《らち》もないのだろう。

この場に柿崎を呼んでどうしようというのだ。実際、呼ばれた柿崎も、バツの悪そうな表情で立ちつくしている。

「やだ、柿崎さんたらどうしたの、そんな顔して」

るり子がはしゃいだ声を上げる。るり子が脈絡のない女だということは昔から知っていたが、もしかしたら真性の軽薄かもしれない。

「何の真似？」

萌が顔を向けても、るり子は無視して、悪怯《わるび》れた様子もなく柿崎を見上げた。

「柿崎さん、どうぞ座って」

「ああ」

柿崎は覚悟を決めたように席についた。るり子がボーイを呼び寄せる。ワイングラスと取り分け用の皿、フォークやナイフを用意させ、かいがいしくパスタを取り分け始める。

「大丈夫よ、あなたの嫌いな海老は入ってないから」

「ありがとう」

言ってから、柿崎はようやくタイミングを見付けたかのように、萌に目を向けた。

「この間はどうも」

「ええ、こんばんは」

萌は会釈を返した。気まずくて目を合わせられない、というほど自分は殊勝な女ではないが、やはり居心地は悪い。あの時、柿崎とベッドの中でしたさまざまなことが頭をかすめ、脳の一部がとろりと溶けてゆくような感覚を覚えた。

「こういうのって、お洒落よね」

柿崎の前に皿を置くと、るり子はテーブルに肘をつき、手のひらに顎を乗せて、どこかうっとりとした表情でふたりを眺めた。

「前にビデオで観たことがあるわ、フランスの恋愛映画よ。ストーリーはやたら入り組んで面白くなかったけど、三角関係にある三人の男女がビストロで食事をするの。同じお皿から公平にお料理を取り合ってね。その時は男がふたりで女がひとりってシチュエーションだったけど、すごく印象的だったわ。私たち三人も、そういうふうになれたらいいなってずっと思ってたの。それでね、ちょっと聞きたいんだけど、いい？」

こういう時、とんでもない質問が飛び出すのはわかっている。萌は、いくらか身構えた。

「なに？」

「ふたりは始まったわけよね？」

萌は思わずテーブルの下でるり子の足を蹴った。るり子は小さく悲鳴を上げて、唇を尖らせながら萌に抗議した。

「何するのよ。私、何かいけないこと聞いた？」

「はじめから答えられないことを聞いたって仕方ない、ということがどうしてわからないの」

「それこそわからないわ、どうして答えられないのよ？　ふたりはそういうことになっちゃったわけでしょう。それを一回こっきりの遊びにするか、それともこれからも付き合ってゆくつもりなのか、それくらい聞いたってバチは当たらないんじゃないの。だいたい私の結婚式の帰りにそうなっちゃったんだから、それくらいの権利は私にもあると思うけど」

「ない」

きっぱりと萌は言った。

るり子がため息をつく。

「こういう時に何だけど、萌、そういう身も蓋もない言い方はやめた方がいいわ。可愛くないわよ」

るり子にそんなことを言われる筋合いはない。思わずムッとして言い返そうとすると、柿崎がふたりの仲をとりなすように話に割って入った。

「この海鮮サラダ、おいしいね」

それを受けて、るり子が瞬く間に表情を替え、得意そうに微笑んだ。

「そうでしょう。この店のイチオシなの。こんなにウニとかイクラとかたっぷり使ったサラダってなかなかないのよね。たいていが、イカとかタコとか、安そうな材料で誤魔化されちゃう。この店に来た時、絶対にこのサラダだけははずさないの。あ、今日は特別に海老抜きだけど」

るり子はもう萌とやりあったことなど忘れたように、サラダの蘊蓄《うんちく》を述べた。

るり子のそのきれいにブローされた髪の下にある、少しゼッペキ気味の頭蓋骨の中にある脳味噌はきっと鶏ぐらいの大きさに違いない。

萌はワイングラスを口に運んだ。

けれども、結局はこういう女が楽しく人生を送るのだ、ということもわかっている。

こういう女とはつまり、自分というのは何だろう、というような疑問を持ち続けられない女だ。

疑問というのは、メビウスの輪のようなものだから、自身にそれを投げ掛けると、内臓の中をぐるぐる回って、理性とか欲望とか常識とかプライドとか心とか子宮とか、やっかいなものを経由しながら、頭の中に戻って来る。そうして、その時にはさらに疑問が膨らんでいる。考えてみれば、疑問をどれだけ巡らせても解決したことなんてひとつもなかったような気がする。

それにしても、この場に柿崎を呼ぶなんてるり子の目的は何なのだ。ただ面白がっているだけなのか。それとも、まだ柿崎に心を残しているからなのか。

「ねえ、萌だったらどう？」

ぼんやりしてると、急に話をふられて我に返った。

「えっ？」

「やだ、聞いてなかったの？」

「何の話？」

「まあ、愛情テストみたいなもの」

るり子はこの手の話が大好きだ。自分は、自分以上に誰も愛したことはないくせに、恋愛心理分析とか、彼との相性テストとかには目が無い。女性誌を開いて真剣にペンでチェックしている女が本当にいるんだと知った時はびっくりした。

「あるカップルがね、ふたりでデートしている時に暴漢に襲われるの。彼の目の前で彼女は、暴漢たちにレイプされるわけよ。彼はしっかり縄で縛られていて、助けることができない。その時、互いに相手にどうして欲しいかってことなのよ」

「どうして欲しいって？」

「たとえば、彼には絶対に見られたくないから、ずっと目をつぶっていて欲しいとか」

「ふうん」

食事時の話題にしては、あまりいい趣味とは言えない。しかし、興味がそそられない話というわけでもない。

「それで、るり子だったらどうして欲しいわけ？」

「私はね」

るり子はちらりと柿崎を見やると、いくらかもったいをつけたように視線を宙に泳がした。

「色々考えたんだけど、彼に舌を嚙み切って死んでもらいたいわ」

思った通り、自己中心的な答えが返って来て、萌は小さく息を吐いた。

「それはまた強烈なことで」

「まず、愛する私を守れなかったことで、彼自身がきっと死にたくなるわ。私を愛しているなら、そうしたい気持ちはわかるし、私も愛しているからこそ、彼の思い通りにさせてあげたい。それにね、たとえ目をつぶっていたとしても、彼には想像が残るじゃない。その想像は、将来にわたって彼はもちろん、私をも苦しめることになるわ。だから苦しみの根源となるその想像を抹消するためにも、彼に舌を嚙み切ってもらうしかないと思うの」

萌は食事の手を止めて、るり子の顔を眺めた。世の中には、本当にいろんな女がいると思う。自分のために、相手に死んでもらうことを望む女。それでも、男のために舌を嚙み切って死にたい、と思う女よりかはマシだという気もする。

「柿崎さんだったらどう？」

るり子は質問の矢を向けた。

「そうだなぁ」

柿崎が髪をかきあげる。そういう仕草が似合う男だなと萌は思う。茶化した答えがあるとばかり思っていると、彼は意外にも真面目に言った。

「僕なら何があろうと最後まで見届ける。そうして、何があっても彼女にも僕を見つめていて欲しい。

僕は彼女の肉体は救えないかもしれないけど、心は救える。たぶんその時、僕たちは見つめあっている以外の世界は関係ないと感じている。つまり、そこで何が行なわれようと、僕たちにはなかったと同じことになるわけだ」

萌は柿崎を眺めた。もしかしたらとんでもない遊び人なのかもしれない、と考えていた。

「素敵」

案の定、るり子はうっとりとした表情で言った。始末に悪いのは本心からそう思っているからだ。いったい何人の男に痛い目にあえば、るり子は学習できるのだろう。

柿崎がちょっと照れたように口元を緩めた。

「ちょっとキザっぽかったかな」

「ううん、男らしいわ。そうよね、心が繫《つな》がっていれば、どんなことがあっても、ふたりの関係が壊れたりするはずないわ」

萌は呆れていた。婚約者がいながらるり子と付き合い、結局はそっちの女と結婚してしまった男を肯定してどうするつもりだろう。

「萌は？」

るり子が言った。

「そうね」

柿崎が萌のグラスにワインを注ぎ足す。萌はちらりと、男にしてはほっそりと伸びた柿崎の指を眺める。あの時、萌の身体の奥深くにある敏感な部分をぴたりと探り当てたあの指だ。

「その前に、レイプする男どもに言っておきたいことがあるわ。レイプは卑劣極まりない暴力だけど、それで女を征服したような気になるのは大間違いだってこと。それから、レイプによって、女たちは自分の尊厳さえ傷つけられるような感覚を持ってしまうけど、そんな必要も絶対にないってこと。そんなことで卑屈になったり、自分を追い詰める必要なんてないんだから」

「で？」

「つまり、そんなテスト自体が、何の証明にもならないってこと。だいたいね、そういう発想は……」

るり子がサラダにフォークを伸ばした。理屈っぽい話になると、いつもこうやって聞こえないふりをする。すぐに萌も馬鹿馬鹿しくなって話すのをやめた。

それから、三人で牛の脳味噌を食べた。これもるり子のお薦め料理だ。白くて柔らかくて、ねっとりした舌触りで、クセはない。想像したよりずっと美味だ。

ウニとかイクラもそうだが、生きものの内臓というのはひどくグロテスクで猥雑な食べ物だ。その上美味ときている。そういうものを、男と向き合って口に運ぶのは、セックスをしていると同じくらい官能的でもあるように思う。萌は柿崎の指先がやけに気になっていた。少し、酔ったかもしれない。

タクシー料金を払うためにバッグを開けると、柿崎の携帯電話の番号が記されたメモが出てきた。いつの間に忍ばせたのだろう。

ふーん、と思った。必ず萌が電話をかけるという自信のなせる業《わざ》だろうか。それとも、単なるアピールのつもりなのだろうか。もしかしたら気楽に遊べる相手を確保できると踏んでいるのかもしれない。

結婚しているくせに、と小さく呟いてから、あまりにも常識的なセリフを思い浮かべた自分に笑いたくなった。それがどうだというのだ。そんなことが男と女の足枷《あしかせ》になるのなら、世の中はシンプル過ぎて退屈この上ない。男と女は何がどうなるかわからない。わからないから面白い。だから性懲りもなく繰り返す。

結局、萌はその番号を自分の携帯のメモリに登録した。

3

萌のオフィスは四谷にある。

輸入代行をやっている会社だ。最近、インターネットなどで海外の通信販売が流行っているが、注文から代金支払まで自分ですべてをやれる人間は少ない。というわけで、それを代行するのが萌が担当している仕事である。洗剤やアクセサリーの類から、特別仕様の車やログハウスまで扱っている。半年前、主任という肩書きをもらったばかりだ。

「ちょっと早坂さん、お願い」

窓際の席で、課長の高野逸子がひらひらと手を振った。四十七歳、バツイチ、子供ひとり。いつも黒っぽいパンツスーツを着て、髪を後ろでシニヨンに結っている。なかなかの美人で、まさに絵に描いたような働く女だ。

萌はパソコンの手を止めて、席から立った。

「何ですか？」

「悪いけど、注文したチェストの色が違うってクレームが来てるのよ。うまく処理してくれないかしら」

またか、とうんざりする。この間も、注文のソファの納入が予定を大幅に遅れた処理をさせられた。客からはさんざん電話口で嫌味を言われ、確かにそれはこちらの手違いだから言われるのは仕方ないが、萌個人としては自分の失敗ではないのだから納得できない思いもある。

もちろん、このチェストの件も萌が担当したわけではなく、去年入社したばかりの二十二歳の松下美樹という女の子がやったミスだ。彼女がせめて申し訳なさそうな顔をしていればまだ可愛げがあるのだが、デスクで知らん顔を決め込んでいる。まったく、どいつもこいつもコノヤローだ。

苦情を並べる客に一時間近く付き合って、ようやく納得してもらった。ほっとして電話を切った時、ミスした当の本人が「お先に」と帰ってゆくのが見えた。

「ちょっと、松下さん」

萌は彼女を呼び寄せた。さすがに、いくらかバツの悪そうな顔つきで美樹がやって来た。

「何か」

「何かってことはないでしょう。チェストを注文した時、間違った色指定をしたのはあなたでしょう。確か、前にもマタニティドレスでサイズを間違えたことがあったわよね。注意してもらわなければ困るわ」

「はい」

いくらか鼻にかかった声で返事をする。ナメられてるような感じがする。

「本当にわかってるのかしら。少しは謝るこっちの身にもなって欲しいわね」

美樹が少し不満げに上目遣いをした。

「でも」

「何？」

「いえ」

「いいわよ、言いたいことがあるなら言って」

美樹は一呼吸置いた。

「だって、主任はクレーム処理をするのが仕事じゃないですか。だからお給料もその分多くもらってるわけでしょう。それぞれに仕事分担があるんだから、それはそれでいいんじゃないんですか」

一瞬、言葉に詰まった。それから、思わず声を高くした。

「あなたね、そんな気持ちでいるからミスが続くのよ。あなたのミスが、私だけじゃなく、結局は会社に余計な経費をかけさせているってことがどうしてわからないのかしら。へ理屈をこねる前に、いっぱしの仕事をしなさいよ」

最後はいくらか感情的な口調になっていた。美樹の肩が震えだした。泣いているのだった。泣くか、たったこれくらいで。ここは学校の体育館の裏じゃない。

その時、少し離れた席から声がかかった。

「早坂さん、若いもんを苛めるのもほどほどにしといてやれよ」

声の主は四十半ばの係長だ。前頭部が相当薄くなっていて、仕事をうまく利用して、世界中から育毛剤を取り寄せているが、ちっとも効果は現われない。

「苛めるってどういう意味ですか。ミスを注意するのは私の仕事です」

萌はきっぱりと言い返した。

「おお、こわ」

係長が大げさに首をすくめている。ヒステリーとか何とか、時代錯誤のセリフを小さく呟いているのがわかる。もっと抗議してやろうと椅子から腰を上げたが、係長のてらてらしている額を見たら馬鹿馬鹿しくなった。美樹を怒る気力もなくしていた。

「もう帰っていいわ」

そう言って、話を打ち切ると、背を向けた美樹の口元にうっすら笑みが浮かぶのを見逃しはしなかった。若い女は嫌いじゃない。けれど若さを武器にしたり、被害者になる知恵をつけた女は大嫌いだ。


結局、仕事が終わったのは八時を少し回っていた。どこかで少し飲みたい気分だった。それも、お惣菜をつまみながら飲める居酒屋のようなところがいい。

となると、ひとりではちょっと、と考えてしまう。前に小料理屋にひとりで入って、中年のサラリーマンにしつこく話し掛けられたことがある。中年男は、ひとりで飲んでいる女はみんな心も身体も淋しいのだと自分に都合のいい妄想を描いているのでうんざりだ。百歩譲って、たとえ心も身体も淋しい状態だったとしても、あんたとだけはやらないよ、と言ってやりたい。仕方ないからマーケットでお惣菜でも買って帰るとするか、と小さく息を吐いた。

オフィスはがらんとしていた。いつのまにかみんな帰ってしまい、萌が最後になったようだ。机の上を片付けて、席を立った。キャビネットの中にある鍵を手にし、ドアまで行って明かりのスイッチを消すと、室内から「わっ」と声が上がった。慌ててスイッチをオンにした。

「誰かいるの？」

オフィスを見渡しながら声を掛けると「いまーす」と、奥の方からいくらか間の抜けた声が返って来た。

「誰？」

「僕」

「僕って、誰？」

机の間からひょっこり顔が現われた。まだ若い男だ。

「君、何してんの？」

「ブラジャーとパンティの袋詰め」

「え？」

「昨日からバイトで来てるんです」

「ああ」

思い当たって萌は頷いた。まとまった注文があって下着を大量に取り寄せたのだが、到着した荷をほどいてみると、品物は裸のままダンボール箱にまとめて押し込まれていた。日本の客は、たとえすぐに破り捨ててしまう袋であっても、入っていないと文句をつける。というわけで、袋詰めのアルバイトを急遽《きゅうきょ》頼んだ、というわけだ。

「ご苦労さま。まだかかる？」

「もうちょっとかな」

「そう」

大学生だろうか。まさかこの子供みたいなアルバイトにオフィスの鍵を預けて帰るわけにもいかない。どうやら、その袋詰めが終わるまで付き合うしかないようだ。結局、萌も手伝うことになり、詰め終わったのはあと三分で十時になろうとする時間だった。

「よかった、徹夜になるかもしれないと思ってたんだ」

男の子が無邪気に笑った。よく見ると、目鼻立ちの整ったなかなか悪くない顔立ちだ。

「あなたにこの仕事を頼んだのは誰？　バイトを残して先に帰るなんて無責任もいいとこだわ」

「何て言ったっけな。背が低くて、太ってて、丸いメガネをかけてる人」

「ああ、斉木さん。あの人はいつもああなんだから」

「あの」

「ん？」

「遅くなったら、晩飯も出るって聞いてたんだけど、ほんとに出ます？」

男の子はちょっと遠慮がちに言った。

「そんなの知らないわ」

「えーっ、そりゃないっすよ」

彼は心《しん》から残念そうに、情けない声を上げた。その頼りなげなところがちょっと可愛く映って、萌はスカートについたナイロン袋の切れ端をぱんぱんと払いながら言った。

「いいわ、じゃあ奢《おご》ってあげる。私もおなかがへって死にそうだから。何か食べに行きましょう」

「ラッキー」

笑うと、頬の肌がつるんと光った。

四谷の駅前にある居酒屋は混んでいて、カウンターの奥まった場所に、萌は何とか二人分の席を見つけだした。

店員からおしぼりを受け取りながら「とりあえずナマ中ね」と言い、彼に顔を向けた。

「君は？」

「同じもの」

「じゃ、それふたつ」

店の中では、背広という制服を着たサラリーマンたちが、あちこちのテーブルで気勢を上げている。どこもかしこも不景気な話ばかりだから、せめて飲む時ぐらいやけくそ混じりでも盛り上がろうというのだろう。その気持ちなら萌にもわかる。リストラの波は、萌の会社にもじわじわと忍び寄っている。

「まだ、名前聞いてなかったわよね」

「秋山崇《たかし》」

「私は早坂萌よ。学生？　それともフリーター？」

「学生だよ」

「何年生？」

「一年」

十八歳か。その頃、自分は何をしていただろう。どんな夢を持ち、どんな想いを抱き、何を求めていただろう。

　みんなどんどん忘れてしまう。気がついたらすっかり大人という一括《ひとくく》りの群れに馴染んでいた。そこはそこで決して居心地が悪いというわけではないが、どこか後ろめたい気持ちを抱えている。夢も想いも、忘れるのは簡単だ。そして、いったん忘れたら、もう思い出せなくなってしまう。

「こういうとこ、あまり来ないの？」

「どうして？」

「落ち着かないみたいだから」

「たまに居酒屋でコンパとかするけど、こことは感じが全然違う」

「この辺りはオフィス街だからね。お客はサラリーマンばっかりで、学生はほとんど来ないの。ま、だから私も来るんだけど」

「学生は嫌いなんだ」

「嫌いってわけじゃないけど、見てると気恥ずかしくなる時があるの」

「何でさ」

「みんな必死にはしゃぐじゃない。楽しくなければ罪みたいに。私には、そういうのを微笑ましいって感じるような大らかさはないの」

「サラリーマンだって同じだろ」

「違うわ」

「どこが」

「税金払ってるところが」

「ふうん、クールなご意見で」

「お待ち」

ビールが来た。

「じゃ、とにかくお疲れさん。乾杯」

中ジョッキを崇のそれにコツンと当てて、口に運ぶ。ひんやりとした感触が喉を通り過ぎてゆく。一日たまった喉のざらざらと、心のざらざらが洗い流される。ぷはぁ、と息をつく。

「ご注文、何になさいます？」

店員が伝票を手にして尋ねる。萌はメニューを覗き込んだ。

「私はね、うーんと、そうだなぁ、揚出豆腐にきんぴらと銀鱈の塩焼き。あ、空豆ある？」

「ありますよ」

「じゃ、それも。茹《ゆ》で過ぎないでね」

それからメニューを崇に手渡した。

「君も食べたいもの、好きに言うといいわ」

崇は鶏の唐揚げとクリームコロッケとサイコロステーキを注文した。いかにもファーストフードで育った世代だなと思う。とは言っても、自分も崇ぐらいの年の頃は、誰が何と言ってもマックのフライドポテトだった。

店員が前からいなくなると、崇は感心したように萌を眺めた。

「あなた、すごいね」

「何が？」

「この店に何の違和感もなく馴染んでる」

「それって、あそこのオヤジと同種って言ってるの？」

萌は奥の席で頭にネクタイを巻いて、上半身をさかんに揺らしながら、何やら熱弁をふるっているサラリーマンを見やった。

「うん」

明るい肯定が返って来て、思わず苦笑しながらグラスを口に運んだ。

「君は女の子にモテないでしょう」

「どうして」

「モテる男は言葉を選ぶもの」

「言っておくけど、けなしたわけじゃないよ」

崇はちょっと不服そうに付け加えた。

「あら、褒《ほ》め言葉とでも言うつもり？」

「普通の女の人にはできないと思うから」

「ありがと」

萌はいくらか尻上がりの口調で答えた。だからといって別に怒ってるわけではなかった。崇の意見は萌自身も認めるところだ。最近、女性に人気のイタリアンも懐石料理も、どうもピンと来ない。ワインもカクテルも馴染まない。こういう場所の方がよほど落ち着くのだった。環境ホルモン的にはメス化する男が話題になっているが、このご時勢、萌のようにオス化した女を探せばそれこそゴマンといるに違いないと思う。

料理が運ばれてきた。熱々の揚出豆腐で舌が火傷《やけど》しそうになる。同じように、アチアチ言いながら、崇も鶏の唐揚げを食べている。

「僕さ、正直言うけど、何だか女って気持ち悪いんだ」

「気持ち悪い？」

萌はビールを飲んだ。もう、ジョッキの底が見えている。ピッチは速いが、おいしいのだから仕方ない。

「それってどういう意味？」

「何て言うか、女って、やっぱり男とは全然違う生きものだろ」

「全然って？」

「自分がいちばんになることしか考えてないだろう」

「つまり君は、女はみんな意地が悪くて、執念深くて、わがままで、強欲で、自惚れの強い生きものだ、と思ってるわけ？」

崇はおしぼりで脂《あぶら》で光る指先を拭うと、顔を向けた。

「もちろん、それもある。付け加えれば、女はいつも自分を被害者だと思っている。僕にはとても理解できない」

生意気だ。でも、面白い。その通りだと萌も思う。

「当たり前よ。私でさえ、私という女を未だ理解できないんだもの。男の君にできるはずがないわ」

「そっか」

「君はホモなの？」

「違うよ」

「だとしたら、よっぽど最初の女で悪いのに当たっちゃったのね。今の君の年でそんなこと言ってたら、この先、生きてゆけないわよ」

「気持ち悪いのはそれだけじゃない」

「好きなだけ言えば」

崇は隣のサラリーマンを気にするように萌に顔を寄せ、声のトーンを落とした。

「じゃあ、この際思い切って言っちゃうけど、いちばん気持ち悪いのはアソコだよ」

「は？」

萌は崇を見つめた。

「女のアソコって、へんてこな作りになってるだろ。肉が重なりあってて、びらびらして、じゅくじゅくして、しかも大きさを自由自在に変えられるなんて、あれは絶対に内臓だよ。内臓が身体からはみ出しているとしか思えない。それって、むちゃくちゃ気持ち悪い」

萌は思わず噴き出した。これが中年のおっさんの発言なら、間違いなく目の前の熱々の揚出豆腐を顔に投げつけていただろう。

「気持ち悪がってる割りには、よく見てるわね。なかなかの観察だわ」

「梅ハイいいですか？」

「いいわよ」

崇が店員に注文する。萌も次の飲み物を何にしようかと考える。明日は休みだ。酔ってもいいな、という気分になりつつある。九歳も年下の男の子と、飲みながらエロスの話をするのも悪くない。

「で、どんな女？」

萌は残りのビールを飲み干した。

「何が？」

「最初の女よ。君に、女の身体は気持ち悪いと刷り込ませた女」

ちょうど二呼吸ぐらいの間があってから、崇はさっぱりと答えた。

「母親だよ」

一瞬、言葉が詰まった。萌はちらりと彼を見てから、ゆっくりと店員に手を上げた。

「冷酒、天狗舞、二合でね」

梅ハイを崇は気持ちよさそうに飲み、サイコロステーキをまとめて三個、口の中に放り込んだ。

「それは恐れ入る話だわね」

「ま、継母だけどね」

萌は小さく息をついた。

「よかった、まだドラマになってくれるわ」

「親父、女を見る目がないんだ」

「君の親父さんだけじゃないわ、男はみんなそうよ」

「聞きたくない？　こんな話」

「無理に聞き出すつもりはないけど、話さないで、と言うつもりもないわ」

崇の目の縁がぼんやりと赤くなっている。大して強くはないらしい。萌は運ばれた冷酒をゆっくりと口に含んだ。ビールと違って、酔いがある種の温かさを持って、身体の細胞ひとつひとつを舐めるように広がってゆく。

「夏休み、部屋でパンツいっちょで寝てたら、おばはんがやって来た。おばはんって言うのは、もちろん親父の奥さんね。半分、僕は夢ん中にいてさ、何か訳がわかんなくてぼんやりしてたら、おばはん、急にスカートたくし上げて、パンツを脱いで僕の上にまたがったんだ。で、やられちゃった」

「聞いていい？」

「その前に、梅ハイもう一杯いい？」

「好きに頼むといいわ」

「すいません、梅ハイお願いします」

崇が店員に注文する。

「君、身長と体重は？」

「百七十八センチ、六十五キロ」

「継母は？」

「だいたい百五十ちょっとで、五十キロはないと思うけど」

「勃起したのよね」

「ん、まあ」

「つまり、それはOKのサインを出してることじゃないの。君が跳ねとばそうとすれば簡単にできる相手よ。でも、そうしなかった。それから女がどれだけ迫ったって、勃《た》たなければセックスは成り立たないわ。でも、君は勃起した。つまり君もその気になったということなんだから、レイプとは言わないんじゃないの」

「勃起はするさ、意志とは関係なく」

「言い訳っぽいわね」

「しょうがないよ、物理的刺激によってそうなるってこともあるんだから。女にはわかんないかもしれないけど」

「全然わかんないわ」

「それに、跳ねとばせるって言うけど、僕がもし本気で跳ねとばしたら、おばはんはきっと怪我をしてる。それはマズイだろ。だから抵抗できなかったんだ」

「物は言いようよね」

崇は両手でストップをかけるように、萌の言葉を遮った。

「わかった。百歩譲ろう。もしかしたら、あなたの言う通り、肉体的にはレイプされたとは言えないのかもしれない。でも、レイプされたという意識を、あのおばはんは僕に植え付けた。それだけで十分レイプと言えるんじゃないかな」

萌はグラスを止めた。

「少なくとも精神はレイプされた、確実に」

少しの間、萌は黙っていた。崇がいくらか不機嫌そうな声を出した。

「ま、こういうのは実際にされた者じゃないとわからないさ」

「されたわ」

言ったとたん、喉の奥から胃が丸ごとせり上がってきそうな気がした。

「え？」

「私も、されたことあるわ」

崇は驚いた顔をした。

「そ……っか」

崇が梅ハイをせわしなく口に運んだ。

何で、こんな初対面のガキに、こんなことを口走ってしまったのだろう。今まで、それを話したことは一度もなかった。

そして萌は考えた。どうして誰にも話さなかったのだろう。理由は簡単だ。話したら、事実になるからだ。レイプなんてなかった。あれは事故だ。道を歩いていて、後ろから来た車に引っ掛けられて怪我をしたようなものだ、そう思い続けて来た。

「聞いてもいいかな、答えたくなかったら答えなくてもいいけど」

遠慮がちに崇が尋ねた。

「もちろん、そうするわ」

「そのことで男が嫌いになった？」

「ぜんぜん」

「セックスが怖くなった？」

「ぜんぜん」

崇はホッとしたらしい。

「よかった、じゃあトラウマにはなってないんだ」

「男もセックスも好きよ。だけど、男もセックスも信用してないわ」

二合の冷酒がもう空になりつつある。ガラスの徳利の底で揺れる酒を眺めながら、萌は付け加えた。

「でも、いちばん信用してないのは自分だけどね」

あの男が嫌いというわけじゃなかった。むしろ、好意に近いものを寄せていた。安心感かもしれない。いや、相手を見くびっていた。そんなことができるはずがない、自分の身に起こるはずがないとタカをくっていた。だからこそ、ふたりきりになった。だからこそ、お酒も飲んだ。男が手を伸ばした。萌は拒んだ。男は怒り、一瞬にして知らない誰かになった。

「ごめん。何か変な話になっちゃったな」

崇がいくらか悄気《しょげ》ている。萌は優しい気分になった。

「話したのは私よ、無理に聞き出されたわけじゃないわ」

「うん」

「飲も。もっと楽しい話をしよう」

これ以上飲んだら、今夜はちょっと深酔いしてしまうかもしれない。それでも、萌はもう一本冷酒を頼んだ。崇のあまり髭の濃くないつるんとした顎を眺めながら、久しぶりに、二日酔いも悪くないと思っていた。


マンションの前まで来て、萌は振り返った。

「そんじゃね。送ってくれてありがと」

「あの」

崇が言った。

「泊めてくれないかな」

「は？」

「帰るとこ、ないんだ」

萌は腰に手を当て、崇と向き合った。

「家がどこにあるのか知らないけど、まだ電車は動いている時間よ。友達だっているでしょう。頑張ればば野宿だってできるわ。うちのすぐ裏に手頃な公園があるの。頼めばホームレスのおじさんも段ボールのひとつぐらいくれるわよ」

「冷たいなあ」

「甘えるんじゃない」

やや、厳しく言う。

「駄目か」

崇が肩を落とす。

「ほんじゃね、おやすみ」

萌はさっさと背を向けた。

1ＬＤＫの部屋に入って、居間のソファに身体を投げ出した。完璧に酔っている。お酒が好きだし、酔うのはもっと好きだ。明日の朝は吐き気と頭痛で絶対に後悔する、とわかっていても飲んでしまうのは、崇の言った通りオス化している証拠かもしれない。

コーヒーが飲みたくなって、萌はキッチンに立った。面倒だからインスタントにする。意志とは関係なく身体が揺れ、今のこの心地よさが、どうして朝になると最悪の状態に変化してしまうのだろうと不思議になる。

お湯を沸かし、カップを取り出し、それからふと思い立ってベランダのガラス戸に近付いた。カーテンを細く開けて公園を窺うと、滑り台の横のベンチに、崇が身体を丸くして横になっているのが見えた。どうやら本気で野宿するつもりらしい。

「馬鹿ね……」

お湯が沸き始めた。萌は火を止め、少し考えてから、カップをもう一個取り出した。


「そんなつもりじゃなかったんだけど」

こういう時、たいていの人間が口にするセリフを、萌も使っていた。

「僕もそうだよ。そんなつもりじゃ全然なかったんだ」

崇も同じように言った。

けれども、それによって今からふたりに起ころうとしていることが、少しも特別のことではなく、こういうセリフを使う状況は世の中に掃いて捨てるほどあるんだということを再確認して却ってホッとしていた。

崇の肌はつるつるしていた。思った通りだ、と思ったとたん、居酒屋で崇の髭の濃くない顎を見た時から、実はそんな気持ちをほのかに抱いていた自分を認めざるをえなかった。

「君、女の身体気持ち悪いって言ってたしさ」

「気持ち悪いけど、勃起はするって言ったろ。あなたこそ、男もセックスも信用しないって」

「でも、好きって言ったはずよ。それに、いちばん信用してないのは私自身ということも」

一時間前、崇を公園まで呼びに行って、部屋に入れて、一緒にコーヒーを飲んで、順番にシャワーを浴びて、毛布を出して、電気を消して、寝室のベッドと居間のソファに別々に寝て、そして萌はドア越しに言った。

「こっち、おいでよ」

だから、これは萌の罪だ。

柿崎のことといい、何だか最近こういう状況が続いている。一回こっきりを「損をする」などと思わなくなったのも、オス化の兆候なのかもしれない。

ベッドに入って来た崇はものすごく不器用だった。キスは歯が当たってガチガチいったし、胸を摑む手は痛くて跡が残りそうだったし、ショーツを脱がすのに汗だくになった。そして、まだ入れてもないのに「わっ」と言って、慌ててティッシュを山ほど引き抜いた。それからすっかり悄気て、可哀相になるくらい背中を丸め、すごすごとソファに引き上げていった。

笑ってはいけないことぐらいわかっている。それは男の自尊心を相当傷つけるものらしい、ということも知っている。巷では、そういうことで殺人事件も起こるぐらいだ。

できなかったことを彼の失態などと思ってもいなかった。むしろ、セックスなんかするよりずっと楽しい気分が残っていた。こんな気分で眠るなんて、これは結構幸せなことかもしれない。

朝の陽がカーテンからもれて、白い壁に縦縞を作っている。

昨夜はあんなに傷ついた顔をしていたくせに、居間に行くと崇は呑気そうにソファで眠りこけていた。毛布が半分落ちて、剝出《むきだ》しの肩が見え、左足がはみ出して壁に届いていた。

酔ったせいにするつもりはないが、やっぱり本当だったんだと、萌は頭痛と吐き気にうんざりしながら崇を眺めた。

年下の男に女はどうしても弱い。食事代を持ってやり、部屋に泊めてやり、ちょっといやらしいことをしても腹が立たないのは、ひとえに崇が十歳近くも年下だからだ。これが柿崎だったら、きっとひっぱたいているだろう。

喉が渇いて、萌はキッチンに入った。ムカムカとズキズキは納まらない。床にリーバイスのジーンズとヘインズのTシャツとアディダスのパーカーが投げ出されている。萌はそれを手にして、ダイニングの椅子の背に掛けた。冷蔵庫を開けて、ミネラルウォーターのボトルに直接口をつける。その時ふと、椅子の下に財布らしきものが落ちているのが見えた。萌はボトルを手にしたまま、それを拾い上げた。

「言っておくけど、盗み見るわけじゃないからね、偶然、落ちてるのを拾っただけなんだからね」

と、呟きながら、もちろん中を覗いた。一万七千円、それと小銭が少々入っている。まあ、貧乏学生なら妥当な額かもしれない。財布の片面が定期入れになっていて、それに目を落とした。

「えっ」

萌は思わず声を出し、慌てて崇を振り返った。

相変わらず、崇は気持ちよさそうに眠っている。

「やばい……」

思わず口からこぼれていた。

崇はまだ十五歳、高校一年生なのだった。

4

るり子はベッドの上で眉を顰《ひそ》めた。握り締めた両の手のひらが汗ばんでいた。

痛い。とにかく、痛い。

何回やっても慣れない。これをするたび、いつも口から小さな呻き声がもれてしまう。中世の拷問にこれに似たようなのがあったはずだ。それでもるり子は我慢する。女ならこんな痛みぐらい耐えなくてどうする、と自分に言いきかせる。

「少し弱めましょうか？」

足元から若い女の子の声がした。るり子は首を振り、答えた。

「ううん、いいの、大丈夫」

エステの脱毛コースを受けていた。電気を通した針を、毛穴の中ひとつひとつに差し込んで、毛の生える元の部分を電気で焼いてしまおうという仕組みだ。痛くて当然だ。しかし電流を弱めたら、効果も半減する。通う回数が増えるだけだ。

脱毛のために、もう一年近くもサロンに通っていた。なのに、ようやく半分程度に減ったくらいで、完璧と呼べる肌になるのはまだまだ先の話だ。今のチケットが終わったら、流行りのレーザー脱毛に変えようと決めている。

女にはしなくてはならない不毛の行為というのがある。

そのひとつが脱毛だ。面倒臭くてうんざりしてしまうが、この不毛の行為にちゃんと興味を持っていられる期間を「女」と呼ぶのだと、るり子は思っている。

世の中には、性別として「女」であっても「女」として生きていない女が山ほどいて驚いてしまう。るり子は基本的に男にしか興味がないので、女なんかどうでもいいと思っているが、見ていて理解に苦しむ種類の女がいるのは確かだ。どうして女であることにあんなに怠けることができるのだろう。

ストッキングの中で脛毛が渦巻いていたり、半袖の袖口の奥に黒い脇毛が見えたりすると、性器を見せ付けられたようないたたまれない気分になる。デブなのに痩せようとしない女、ブスなのに整形しない女。るり子は高校卒業の春に、鼻にプロテーゼを入れている。美容整形のことをとやかく言う人もいるが、るり子は悪いことだなんて全然思っていない。鼻筋が通って、いっそう自分の顔が好きになった。大事なことは、鼻筋が通ったことではなくて、自分をちゃんと好きでいられるかということだ。

「室野さま」

エステティシャンから声がかかった。

「シミのお手入れ、どうなさってます?」

来たな、と思った。

「まあ、適当に」

痛みをこらえながらるり子は答えた。

「実は、集中的にシミをやっつける新しい美顔コースができたんです。すごい効果なんです。どうでしょう、一度試されてみませんか」

猫なで声でエステティシャンが言う。こうして、どんどん深みにはめようとする。脱毛の他に、フェイシャルと足痩せコースにも通っているというのに、まだやれと言うのか。

「トライは先着十名様は無料ですし、ぜひ」

トライしたら、ノーとは言えなくなるに決まっている。ブティックで、試着した後「いらない」と言う以上の勇気がいる。今のエステの費用は、すべて前の夫に払わせたものだからどうでもいいが、これからとなるとさすがに家計のことを考える。このご時勢、信之の会社の業績も右下がりが続き、このままでは夏のボーナスもほとんどアテにできないだろう。

「考えておくわ」

言ったとたん、針がいっそう深く差し込まれたような気がして、るり子は思わず顔を顰めた。

「いたた……」

「室野さまは今は本当にお綺麗ですけど、すでにお肌の下ではシミの予備軍が広がっているんです。それが紫外線などの影響で、肌に浮き上がってしまうわけですけど、出てしまってからでは手遅れなんです。今のうちにお手入れをしておくかどうかで、五年後十年後が決まるんです」

どこか脅迫めいたエステティシャンの言葉に、るり子はふと真顔になった。

五年後は三十二歳、十年後は三十七歳だ。自分にそんな日が来るなんて今は想像がつかないが、この二十七という歳だって、五年前には来るなんて考えてもいなかった。

るり子たちの年代は第二次ベビーブームと言われて、とかく人数が多い。親は団塊の世代と呼ばれ、今以上にものすごい数の人間がいて、何をするにも競争だったそうだ。彼らは全共闘とかいうお祭騒ぎみたいな青春をやっきになって過ごしてきたせいか、今もよく他愛無いことで議論を闘わしている。るり子の両親もそうだ。学生結婚したふたりは「男と女は対等で、今も互いの生き方を尊重している」んだそうだ。その証拠に、ふたりともバリバリに働いていて、ふたりとも若い恋人と付き合っている。

好きなことをしている親は、好きなことをしていない親よりかマシだと思っているが、対等だとか議論だとか、そういった面倒な関係などるり子は大の苦手だった。女にとって、綺麗で、男に大切にされて、おいしいものを食べて、好きな洋服やブランド製品で身を飾るに勝るどんな幸福があるというのだろう。るり子は小さい時から母親みたいな女にだけはなりたくなかったし、父親みたいな男だけは夫にしたくないと思ってきた。そしてもちろん、今、そうなっている。

けれど歳をとってゆけば、綺麗なままではいられない。いつか頬にシミが浮かび、目尻にシワが刻まれ、肌はくすみ、たるんでゆく。お尻は三角になり、膝や肘が角質化して、七センチのヒールも履けなくなる。そうしたら男たちの視線は素通りするようになる。誰からも大切にされなくなり、おいしいものをご馳走されたりプレゼントを貰ったりすることもなくなって「昔はさぞかし綺麗だったんでしょうね」なんて、腹立たしいセリフを言われてしまう。

るり子は唇を嚙み締めた。

そんな女になるなんてまっぴらだ。

「するわ、その美顔コース」

呟くようにるり子は言った。耳ざとくエステティシャンが聞き付けた。

「ありがとうございます。すぐに予約を入れておきますね」

サロンを出てから、これからどうしようか考えた。今、四時を少し回ったところだ。信之は朝早くから接待でゴルフに出掛けていて、帰りは遅くなるという。久しぶりに新宿まで出て、伊勢丹でもぶらぶらしようかと思ったが、やはりひとりでは退屈だ。

周りを見ると、週末に浮き足立っている人の姿がやけに目につく。互いに不細工なのに、恥ずかしげもなくいちゃいちゃしまくっているカップル。見るからにクルクルパーの顔と格好で、だらしなく語尾を伸ばす喋り方ではしゃぎ回っているガキども。穿いているパンツの伸びきったウエストのゴムが象徴するような、緊張感も自意識もなくした家族連れ。制服みたいに派手な柄ものジャケットを羽織った象足のおばさん軍団。押し入れの奥に長い間しまいこんだ布団みたいな臭いがしそうなおじさん。

見ているだけで腹が立ってくる。かと言って、このまま家に帰ってしまうのも退屈だった。ひとりの夕食は、るり子のもっとも苦手とするところだ。ひとりの食事は、食べ方を下品にする。誰を誘い出そうか考えた。何人かの顔を思い浮かべ、携帯電話の番号を検索して、かつてのボーイフレンドたちに連絡を入れてみた。

けれども、どいつもこいつも留守か、今からデートの約束のある奴ばかりだった。結婚したら、周りから男たちの影が引いてゆくことは、前の二回の結婚ですでに知っていたが「ヤレない」女には、奢るどころか会う気もしないという露骨な態度は、やはり悔しい。

結局、萌にかけた。

「あ、私、るり子。今、何してる?」

「別に」

と、萌の相変わらず素っ気ない返事があった。

「だったら、そっちに遊びに行くわ。夕ご飯、一緒に食べようよ」

「ダメ」

きっぱりと萌は言った。

「どうして」

「忙しいの」

「今、別にって言ったじゃない」

返すと、萌は少し言葉をとぎらせた。

「いろいろあるのよ、今日はとにかくパス」

「ふうん」

ピンと来た。

「じゃあね」

るり子は携帯電話をバッグに押し込め、それから大通りに出てタクシーに手を上げた。もちろん、萌のマンションを訪ねるためだ。


「何なのよ」

ドアの向こうから、萌が目を丸くして顔を覗かせた。

「一緒に夕ご飯食べようって言ったでしょう」

「断った」

「いいじゃないの、せっかくこうして来たんだから」

と、部屋に入ろうとするるり子を、萌が身体で阻止した。

「どうしたの」

「部屋、ひどい状態なの」

「やっぱりね」

るり子はウエストに手を当て、何もかもお見通しというように、萌を上から下まで眺めた。

「何が」

「中に誰かいるんでしょう」

「いない」

「柿崎さんじゃないわよね、彼だったら今さら隠すことないんだし」

「いないって言ってるでしょ」

「まさか、うちの信ちゃんとヨリが戻ったとか？」

「バーカ」

「新しい男？」

「違うわよ」

るり子は萌を見つめる。萌も意地になって目を逸《そ》らさない。るり子は仕方ない、といったように肩をすくめた。

「わかったわ、帰るわよ、帰ればいいんでしょう」

「そういうこと。また今度、時間作るから」

萌がホッとしたように表情を崩す。

「じゃあね」

るり子は背を向けた。萌がドアを閉めようとする。その瞬間、振り向いて、力任せにドアノブを引っ張った。不意を突かれて、萌がおっとっとと廊下に飛び出してくる。それと入れ替わるようにして、るり子は素早く玄関に滑り込んだ。

入ってしまえばこっちのものだ。部屋の中はお見通しだった。ダイニングの椅子に座る男の姿が見えた。るり子と目が合うと、彼は照れ臭そうにちょこんと頭を下げた。思った通りだ。しかし、男というより男の子だ。それも可愛い、めちゃくちゃ可愛い男の子だ。

当然のごとく、るり子はパンプスを脱いで、中に入っていった。もうすっかり諦めた萌が、ドアを閉めて後からついて来た。

「初めまして、私、室野るり子。萌の親友なの」

男の子は立ち上がると、殊勝な声で「秋山崇です」と名乗った。

萌は「彼は今から帰るとこ」と言った。けれども、こんな可愛い男の子をこのまま帰らしてしまう気にはなれない。だいいち、コトの成り行きというものを聞かなければ気が済まない。

「ね、ちょっと早いけど、夕ご飯、一緒に食べましょうよ。いいでしょう？」

と言うと、無邪気に「うん」という答えが返って来た。それで決まりだった。

夕食はすき焼きにした。その材料の買い出しにマーケットに一緒に行こうと崇を誘ったのは、もちろんるり子だ。こんな可愛い男の子を、いったいどこから拉致《らち》して来たのか、どうせ萌は話してくれないに決まっている。崇から聞き出すしかない。

　るり子に言われる通り、牛肉や白滝をカゴの中に放り込みながら、昨夜、萌の会社のバイトで知り合って、一緒に飲みにいき、電車がなくなったので泊めてもらった、と崇は言った。その後、彼が十五歳だと知って、さすがのるり子も参った。かなりの年下だということはわかっていたが、まさかそこまで少年とは思わなかった。萌も大胆なことをやるものだ。高校一年生となると、もしかしたら淫行というのに引っ掛かるのではないか。かと言って、寝たの？　とはさすがに聞けない。すごく聞きたいが、るり子にも爪の先ほどの羞恥心というものがある。

　すき焼きの間中、萌はビールばかり飲んでいた。るり子はかいがいしく肉や豆腐を崇の器に取ってやった。その間も、質問は続いている。

「へえ、じゃあ崇くんのお父さまってお医者さまなの。それも心臓外科の、すごいわねえ。それで自宅は？　えっ、成城。もちろん一戸建よね。敷地面積ってどれくらい？　わからないか、残念。高校は？　わぁ、すごい、K高校と言えば進学校でしょう、それもおぼっちゃまばっかり通ってるっていう。それで、その崇くんが何でバイトなんかしたの？　お金持ちなんだから、お小遣いぐらいたっぷり貰えるでしょう」

「家出したんだ」

「えっ」

　るり子と萌は思わず顔を見合わした。

「ほんとなの？」

萌がいくらか緊張したように尋ねた。

「うん」

「そんなこと、一言も言わなかったじゃない」

「だって、聞かれなかったから」

「あのね」

「まあまあ、萌、そう崇くんを責めないの」

るり子は長葱を鍋に入れながら尋ねた。

「それで、どうして家出を？」

「このままじゃ、両親の敷いたレール通りの人生を歩かされると思ったから」

るり子は思わずうっとりした。

「ステキ」

崇が困ったようにるり子に顔を向けた。

「だって今時、そんな気概のある男の子なんかいないわ。みんな、とことん親のスネを齧ろうっているヘナチョコばかり。それってすごくステキなことだと思う。で、ご両親は崇くんにどんなレールを敷こうとしているの」

「父親と同じ道だよ」

「つまり心臓外科医ってこと？」

「ああ」

「それもいいじゃない」

るり子はころりと態度を変えた。

「困っている人の命を救って、ついでにお金もいっぱい貰えるんでしょう。りっぱな仕事じゃない。なりなさいよ。私、よく観てるわよ。ＥＲ。憧れちゃう」

「現実を知らないからさ」

崇はつまらなさそうに言った。

「現実って？」

「どんなに命が危ない時でも、それに見合う報酬が得られない時は、あっさり見離すんだ。貧乏人なんか死んでもへっちゃらなんだ。うちの親父はそうやって金儲けしてる」

「ふうん」

その父親の理屈もちょっとわからないでもない気がしたが、今は口に出せる雰囲気じゃない。るり子は焼き豆腐を口に運んだ。熱くて火傷しそうになった。

「で、君はどう生きたいわけ？」

尋ねたのは萌だ。

「どうって？」

「自分なりの生き方を考えてるんでしょう。だから家出したんでしょう」

「うーん」

崇が缶ビールに手を伸ばそうとすると、萌は素早く取り上げた。

「ダメ、未成年でしょ」

「昨日は飲ませてくれたじゃない」

「十八だと思ってたの」

「十八だって未成年だろ」

「いいから、ちゃんと答えなさい」

萌はビールの代わりにウーロン茶の缶を崇の前に置いた。

「別にまだ決めてない。正直言って、わかんない。したいことも、好きなことも、特別コレっていうものはないんだ」

「甘い！」

萌のゲキが飛んだ。

「だったら、家に帰ることね」

崇は黙った。

「家出するなって言ってるんじゃないの。するなら自分のしたいことが決まってからにしろって言ってるの。君のやってることは、単なる逃避よ。親と面と向かって争うのが怖くて逃げ出しただけ。そんなの、ガキのすることよ」

「萌、それは言い過ぎよ」

るり子が割って入った。

「十五歳で、したいことなんてそうそう見つかるもんじゃないわ。家出する行動力があるだけでも大したものよ。私たちの十五歳の頃のことを考えてみたらわかるわ。なぁんにも考えてなくて、ただ遊び回ってただけだったでしょ」

「それはるり子でしょ」

「萌は違うの？」

「ちゃんと夢を持ってたわ」

「もしかして、アレ？」

萌は黙った。

「報道記者になって、世界中を駆け巡るってやつ？」

「うるさい」

「なのに今は、通信販売で趣味の悪いタンスやら、エッチな下着やらを輸入してるのよね」

「少なくとも、私は夢を叶えるために頑張ったわ。結果がすべてじゃないでしょう。大切なのは過程でしょう」

「綺麗事言ってる。挫折って認めれば」

「だったらるり子はどうなのよ。あの男の子がどうしたとか、新色のマニキュアが欲しいとか、そんなことしか頭になくて、その結果、いい歳になってもまともな仕事にもつけず、男におんぶに抱っこで生きてゆくしかないんじゃない」

「それが私の望んだことだもの。いいじゃない、それで、今、私は幸せなんだから」

「大切なところで欠落してるということが、どうしてわからないのかしら。人間はどう生きようがひとりなの。まずひとりを生きることの力をつけなきゃ、生きられないの。男に依存してたら、きっとしっぺ返しがくるわ。その時じゃ遅いのよ」

「脅かしてるの？」

「心配してるのよ」

「わかった、やっぱり怒ってるのね。私が信くんと結婚したから」

「違う！」

萌は声を張り上げた。

「ちょっと待って」

崇が真顔でふたりを止めに入った。

「どうでもいいけど、僕のことで喧嘩しないで」

さすがに十五歳の少年に仲裁に入られては、ふたりともバツが悪く黙り込んだ。

「こんなの、やりたいこととか言うんじゃないけど」

「あら、ちゃんとあるんじゃない」

るり子ははしゃいだ声を上げた。

「できることなら僕は、他人に『あいつはバカだ』と言われるような生き方がしたいんだ」

るり子と萌は思わず顔を見合わせ、しばらくの間、黙り込んだ。そんな青臭くて、非現実的で、けれども純粋な言葉など、もうずっと聞いたことなどないように思った。

賢く生きる方法なら、たくさん身につけてきた。得する方法とか、安定した生活のためのマニュアルは掃いて捨てるほどある。けれど、バカな生き方なんて知らない。誰も教えてくれなかったし、誰も言葉を持ってはいなかった。

「とにかく」

萌がひとつ咳払いをした。それから何だか怒っているような口振りで言った。

「ご飯を食べたら、君は家に帰りなさい。最初から家出少年だと知ってたら、泊めたりしなかったわ」

崇が悄気《しょげ》たように頷く。

「うん」

「待って」

るり子が口を挟んだ。

「君は帰りたいの？」

「まさか」

「だったらうちに来れば」

「えっ」

萌と崇が同時に顔を向けた。

「崇くん、さっき言ってたでしょう。私、バカな生き方っていうの、どういうものか全然わかんないけど、何かいいじゃない。やってみたい気持ちは、私にもわかるもの。そうよ、うちに来ればいいのよ」

5

マンションに戻った時、信之はすでにゴルフから帰っていて、居間でビールを呑んでいた。

「この子、親戚の子で秋山崇くん」

と、思いついたまま紹介すると、信之は躾《しつけ》の行き届いたペットみたいに、ソファからにこやかに挨拶をした。

「室野です。いらっしゃい」

「どうも、こんにちは」

応える崇がどぎまぎしている。

「実はね、この子の両親が海外旅行で留守にすることになったの。それで、ひとりで残しておくのは心配だからって、泣き付かれちゃったのよ。しばらく家で預かってもいい？」

「ふうん」

と、信之はいくらか不満げに唇を尖らせてから、そういう態度をとったことで崇を傷つけたのではないかと慌てて笑みを取り戻し、いかにも物わかりのいい大人としての返事をした。

「もちろんさ。崇くんだっけ、ゆっくりしていくといいよ」

るり子は崇を振り向いた。

「ね、言ったでしょう。私のダンナ様は太っ腹で、懐の深い人なの。何も心配しないで、ここを家だと思ってのんびりしていいのよ」

信之も満足そうにほほ笑んでいる。

「はあ、よろしくお願いします」

崇は後悔しているようなホッとしているような、間の抜けた顔でぺこりと頭を下げた。

涼やかなダウンケットの下で、信之の手が伸びてくる。

るり子は柔らかく逃れて、信之に囁く。

「ダメよ、聞こえちゃうから」

「大丈夫さ」

崇は居間を挟んだ和室で寝ている。

「ダメだって。やりたい盛りの男の子なんだから、きっと耳をダンボにしてるわ」

信之が身体をすり寄せて、耳たぶにキスをする。

「いいじゃん、聞かせてやれば」

「親戚中で噂になったらどうするの。あの子の母親って、お喋りで有名なんだから」

信之が仕方ないといったふうに身体を離した。

「彼はいつまでいるの？」

「一週間ってとこじゃないかな」

「そんなに」

「ごめんね、信ちゃん」

甘えた声でるり子は言う。

「彼、結婚式には来てなかったよね」

「ああ、そうだったわね」

「親戚って、どういう関係の？」

「父親のお姉さんの娘の息子」

「ふうん。従姉の子供か」

そうなるのか、と頭の中で考える。もちろん、父に姉なんかいない。

「うちの父親とちょっと似てるでしょう」

「そうかな」

「そうよ、目元なんかそっくり」

「そう言えば、そんな気がするけど」

言いながら、再び信之の手がるり子のパジャマのボタンをはずしにかかった。

「ダメだってば」

「せっかくの土曜日なのに」

「土曜日は来週もあるわ」

「来週は生理だろ」

「そうだっけ。だったら再来週」

「別に土曜日じゃなくてもいいんだけど、僕は」

「もちろん、私もよ。だけど今日はダメ」

信之は小さく息を吐いて、天井を見上げた。

「思うんだけど」

「なに？」

「結婚してから、急にしたくなくなってない？」

「そうかな」

「そうだよ。前はいろんなこと、いろんなところで、やりまくっただろ。なのに今は、何かと言うとダメッて言う」

るり子は答えに少し時間をおき、鼻をすすり上げた。

「そんなこと言われると悲しいわ。しないと信くんに嫌われちゃうの？」

信之は慌てた声で言った。

「いや、いいんだ、そんなことはどうでもいいんだ。しようがしないでおこうが、るりちゃんは僕にとっていちばん大切な妻であることに変わりないいんだから」

それから信之は、るり子の額にキスをした。

「僕はるりちゃんだけ」

「愛してる、信くん」

「僕もだよ。おやすみ」

じきに信之の寝息が聞こえて来て、るり子は寄り添った身体を静かに離した。

確かに、あれほどやりまくっていたのに、結婚してからセックスに全然気がいかなくなった。理由なんかわからない。ただ、したくない。しても、楽しくない。あはん、と鼻にかかった声を上げたり、四つんばいになったり、オムツを替えるような格好をしている自分を笑ってしまいたくなる。

るり子は薄く目を開けた。明かりのない部屋にだんだん目が慣れてゆく。

白い天井に白い壁。ドア横のドレッサーはナチュラルな木製で、椅子は籐だ。淡いオレンジのカーテンとベッドカバーは、青山のインテリア店でオーダーした。カシニオールのリトグラフ。アンティークのテディベア。中国製のライトスタンド。脱ぎ捨てられたシルクのナイトガウン。すべて、結婚前にるり子がたっぷり時間をかけ、吟味して選んだものだ。

それらを見ているとるり子は本当に嬉しくなる。セックスなんかなくても、幸せな気分で一日を過ごすことができる。大好きなものに囲まれて生活することが、女には義務づけられているのだと、つくづく思う。時々、結婚は束縛に置き換えられるが、るり子にとってこれほど自由に生きられる生活はない。だから、結婚が大好きだ。

好きなことしか、るり子はしない。世の中には付き合いとか協調とかいうものがあるらしく、好きなことしかしないるり子を「わがままだ」と言う人もいる。実際、その通りなのだろう、と思うくらいの冷静さもるり子にはある。だから、素直に自分がわがままであることは認めよう。けれど、どうしてわがままがいけないのかがわからない。人は、好きなことをするために生まれて来た。そうすることを担わされている。好きなことをして、好きなものに囲まれて、好きな人と一緒に生きる、それより大切なことなど他に何があるだろう。

小さい時から「我慢しなさい」と言われるのが苦手だった。母親は自分のことは棚に上げ、娘を正しく育てるには我慢を覚えさすことがいちばんと思っていて、何かと言うと「○○ちゃんを見習いなさい」と相対的な言い方をして、るり子を戒めた。子供の頃はお金もなかったし、まだ女を使う手立ても知らなかったから、地団駄を踏みながら我慢したこともある。けれど、今は決してしない。我慢している女はみんな貧乏臭い顔をしている、ということに気付いた時から、そんなものは心に留めないようにした。だいたい「我慢する」ということが、相手にとってどれほど失礼なことか、みんな全然わかってない。

何を食べたい？

と、聞かれた時、もちろん「吉兆のウニと鮑《あわび》のゼリー寄せ」と答えることもある。けれど「吉野家の牛丼」と言うこともある。そんな時、たいていの人は「我慢しなくていいんだよ」と言うので、心底笑いたくなる。我慢なんかするはずがない。「牛丼」と言った時は、本当に「牛丼」が食べたいのであって、それ以外のなにものでもない。るり子ができないのは、食べたくないのに我慢して「牛丼」を食べることであり、逆に言えば、それはどんな豪勢な食事に対しても同じことなのだ。

本当はみんな知っているはずだ。わがままを通す方が、我慢するよりずっと難しいということを。だからみんな我慢の方を選ぶ。それは、楽して相手に好かれようと思っているからだ。聞き分けのよい女なんていちばんの曲者だ。心の中を我慢でいっぱいにして、そのことに不満を持ちながらも「我慢と引き替えに手に入れられるもの」のことばかり考えている。るり子は常々心に誓っている。どんなに落ちぶれても、我慢強い女にだけは絶対にならないでおこうと。

まじめで働くことに情熱を持つ信之は、せっかくの日曜だというのに、上司の命令で今日も接待に出掛けて行った。ごめんね、と何度も謝る信之に不満などない。今日は崇という手ごろな遊び相手もいる。

信之を送り出して、コーヒーを飲みながらテレビをぼんやり眺めていると、崇が和室から顔を覗かせた。

「ああ、よく寝た」

「朝ご飯、食べるでしょう」

「うん」

キッチンに入って用意を始める。トーストにオムレツ、サラダ、そしてコーヒー。どこかのホテルのセット朝食のようなものだ。それらをトレイに乗せて居間に戻った。

「ここ、景色悪いね」

「うん、すごいでしょう」

隣りのマンションのベランダはすぐそこで、ゴムの伸びたブリーフやレースのほつれたブラジャーや、ピカチュウがプリントされた子供のTシャツなんかがはためいている。

テーブルについて、崇はオムレツを口に運んだ。

「おたくたちって変わってるね」

「私と萌のこと？」

「僕みたいなどこの馬の骨ともわからないような奴を、あっさり家に泊めちゃったりしてさ」

「昨日、自己紹介したじゃない」

「そんなの口から出まかせかもしれないとは思わないの？」

「そうなの？」

「そうじゃないけど、可能性はないとは言えないだろう」

「だって萌が家に泊めたんだもの、それだけで十分」

崇が上目遣いをする。

「彼女を信用してるんだ」

「まあ、自分よりかね」

「でも、彼女も自分を信用してないって言ってたよ」

「でしょうね」

「ついでに、男もセックスも信用してないって」

「萌はね、この世のものは何にも信用してないの。でもね、それはある意味ですべてを信用してるってことなの。わかる？」

崇はフォークを持つ手を止めた。

「全然」

「だから、私は萌を信用してるの」

「やっぱり、ふたりとも変わってる」

崇が朝食を食べ終わるのを待って、るり子は尋ねた。

「今日の予定はどうなってるの？」

「とりあえず、アルバイトを探すつもり」

「十五歳だと、いろいろ難しいんじゃないかな」

「働く青少年はいっぱいいるさ」

「家出少年は別よ」

崇は本気で困ったように椅子にもたれかかった。るり子は向かい側で、テーブルに肘を突き、崇を眺めた。

噛むとカリンと音がするような男の子が、悩む姿を眺めているのは悪くない気分だ。中年のオヤジが、セーラー服の女の子をやましい気分で盗み見する気持ちがちょっとだけわかる。健全過ぎる男の子は、あんまり好きじゃない。そう言えば、物心ついた頃から、グラウンドを汗だくで走り回っている男の子より、放課後の教室でぼんやり外を眺めている男の子の方が好きだった。付き合ってくれと言ってくるのは、たいてい、汗だくの方だったけれど。

「ねえ、いぬたまに行かない？」

るり子が言うと、崇はいくらか気の抜けたような顔をした。

「どこ？」

「いぬたま。犬の展示場みたいなところ。一緒に遊べるし、散歩なんかもさせてもらえるのよ」

「犬、好きなの？」

「だーぁいすき」

それから付け加えた。

「犬の嫌いな人なんか世の中にいる？」

「そりゃ、いるだろ。とりあえず、ここにひとりいる」

「君、嫌いなの？」

「うん」

「どうして」

「咬まれた」

るり子は思わず吹き出した。

「それって、ありふれてない？　だいたい、それは嫌いなんじゃなくて怖いの。犬のことを知らないだけ。知ったら、嫌いになんかなれるわけがないわ。犬はね、いちばん天使に近い生きものなんだから」

「誰が言ったのさ」

「私に決まってるじゃない」

るり子は椅子から立ち上がった。

「じゃあ、君は食器をキッチンに運んで、三人分の後片付けをすること。その間に、私はお化粧と着替えをするから」

崇の返事も待たずに、いぬたま、いぬたま、と口ずさみながら、るり子は寝室に入っていった。


日曜日のいぬたまは、家族連れでいっぱいだった。

犬を連れて散歩できるという催しも、子供らに列をすっかり占領されていて、とても割り込めそうにない。子供らは傍若無人で、嫌がる犬をむりやり撫でたり、抱き上げたりしている。そんな子供を叱ることもなく、写真なんかとって楽しんでいる親を見ると、犬が可哀相で本気で張り倒してやろうかと思った。それでも、ガラス窓の向こうや、小屋の中で寝ている犬たちを見ていると、やっぱり幸せな気分になる。

「私はね、私以外に可愛いとか、綺麗とか、魅力的とかいうものはみんな認めないことにしてるんだけど、犬だけは別なの」

崇はこんな子犬なのにやっぱり怖いのか、常にるり子の背後に立っている。るり子は一匹ずつ説明してゆく。

「これがシェルティ、これがミニチュアダックスフント、ポメラニアンにブリアード、あっ、グレートピレニーズがいる」

るり子は思わず柵に駆け寄った。

「でっかいなぁ」

背後から崇が呆れたように言う。

「でも、これってまだ子供よ。大人になったら白くまみたいにすごいことになるんだから。きゃっ、こっち向いて笑った」

るり子は柵にへばりつき、こっちに向かせようと必死に唇を鳴らし、無視されると切ないため息をついた。

「ああ、飼いたいなぁ」

「飼えないの？」

「当たり前じゃない。賃貸のマンションだもの。君んちはお屋敷なんでしょう。飼えばいいのに」

「嫌いだって言ったろう」

「お屋敷に犬がいないなんて絶対変よ。大きな家には犬がセットでなきゃサマにならないわ。そんなの三階建のビルにトイレが一個しかないくらい変」

崇が言葉に詰まっている。るり子は相変わらず柵にへばりついている。

「うちの信くんも飼いたいって言ってるの。だから、いつかは一戸建に引っ越そうねって話してるんだけど、やっぱりなかなかね。信くんはレトリバーを飼いたいらしいけど、今はそればっかりだから、私はダルメシアンがいいなと思ってるの。観た？　ディズニー」

結婚前も結婚してからも、信之とはよくここに遊びに来て、束の間の飼い主気分を味わっていた。ふたりの生活の中に、子供がいるという状況は想像できないが、犬だったらすんなり頭に浮かぶ。好きなものに囲まれた今の生活は快適だが、そこに犬がいれば完璧だ。

「もし生まれ変わるとしたらやっぱり犬？」

崇の問いにるり子は顔を向けた。

「ううん、猫」

「へっ?」

崇がきょとんとする。

「だって犬が好きなんだろ」

「でも、生まれ変わるなら猫。すごい金持ちに飼われる世にも美しい猫。飼い主を奴隷にして贅沢三昧に暮らすの」

「おたくってさ」

崇はまじまじとるり子の顔を眺めた。

「なに?」

「女の友達、いないだろう」

「まあね。でもその言い方はちょっと違うわ、いないんじゃなくて、いらないの」

「僕の高校にも、おたくみたいなタイプの女の子がいるけど、女同士の中では完全に浮いてるもんな」

「でも、男の子にはモテてるでしょう」

「まあね」

「いいこと教えてあげる。女の子に人気があって、男の子に全然モテない女の子が、世の中でいちばん不幸なの」

二十七年間生きてきて、これだけはわかる。男にちやほやされない女なんて、人生の楽しみの90パーセントを失ったようなものだ。ちやほやされて女は磨かれる。ちやほやされたいがために女は磨きをかける。それで性格が悪くなったって仕方ない。そんなものは、生理がアガってからたっぷり反省すればいい。

いぬたまを一時間以上かけてゆっくり回り、ショップを通って外に出ようとした時、るり子の足が止まった。

「どうしたの？」

背中にぶつかりそうになって崇が尋ねた。

「信くん」

「えっ」

崇はるり子の指差した方向に視線を走らした。

「あそこ歩いているの、信くんだわ」

家族連れやカップルに混じって、タイレストランに向かって歩いてゆく信之の背中が見えた。信之はひとりではなかった。女が一緒だった。それも二十歳そこそこの若い女。いや、もっと若いかもしれない。

「ほんとだ」

そう言ってから、崇はまずい状況を取り繕おうとして、笑い飛ばした。

「そりゃあ、ダンナだってたまには女と昼飯ぐらい食べるさ。会社の人だろ、きっと」

それから、頭をかいた。

「な、わけないよな」

女は信之の腕にぶら下がっていた。ただの同僚でないことぐらい一目瞭然だ。だいいち、接待だと言って出掛けて行ったのだ。

「帰ろう」

るり子は崇のパーカの袖口を引っ張った。

「いいのかよ。現場を押さえてとっちめなくて」

「いいの、そんなことしなくて」

「だって、ダンナが知らない女と腕なんか組んでるんだぜ。頭くるだろ」

「全然、逆に何だか安心しちゃった」

崇がぼんやりとした顔でるり子を眺めた。

「それ、どういう意味？」

「私、常々思ってたの。信くんってすごく善良な人なのね。それって嬉しいんだけど、どこかで責められてるような気分になったりしてたの。でも、信くんもちゃんとやってることやってるんだって思ったら、ホッとしちゃった」

「そんなもん？」

「何が？」

「夫婦ってさ」

「そう、そんなもん。君も、見たってこと信くんに言ったりしたらダメよ」

るり子は信之とは逆の方向に歩きだした。崇が慌ててついてくる。

「ダンナのこと愛してないの？」

「もちろん愛してるわ」

「だったら怒るのが普通だろ」

「私だって、たまには他の男の人とランチぐらいするわ。ワインなんか飲んじゃったら、腕だって組むかもしれない。所詮、それくらいのことだもの」

「じゃ聞くけど、どこまでならいいの？　腕を組むのはＯＫだったら、キスはどう？」

るり子は少し考えた。

「ＯＫよ」

「じゃあ、セックスは？」

るり子は足を止め、崇を振り返った。

「ＯＫよ」

「だったら、いけないことって何さ」

しばらく考えてから答えた。

「今の生活を壊すようなこと」

「つまり、ダンナが離婚したいとか言うってこと？」

「まあ、そうなるかな」

黙ってふたりは駅に向かって歩いた。多摩川が近付いて、風にかすかな川の匂いがした。

「なあんだ」

急に、崇が納得したように頷いた。

「どうしたの？」

「つまり、おたくはダンナを愛してるんじゃなくて、結婚を愛してるんだ」

るり子は改めて祟を見つめた。祟の言葉が、妙にすとんと胸の中に落ちていた。

6

「本当に申し訳ありませんでした」

萌は再びこの台詞を口にした。もう十三回目だ。数えていたから間違いない。それでもあちらの苦情はネチネチと続く。電話を受けてからもう三十分近くたっている。

「本当に反省してるの？　不良品とわかっていて、わざと売り付けたんじゃないの」

さっきも客は同じことを言った。また話を振り出しに戻すつもりらしい。それでも、客は客である。辛抱強く、萌は応対する。

「とんでもございません。輸出元を信用しておりまして、包装を解くことまではいたしませんでした。もちろん、これは当方のミスです。すぐさま、新しい製品を発送する手続きをいたしますので、それまでお待ち願えませんでしょうか」

丁寧に丁寧に、言う。

「となると、僕のところに来るまで、また二週間以上かかるわけだよね」

「はい、申し訳ありません」

「おたくに在庫はないの」

「残念なことに、その商品に関しましては、ウチの方ではちょっと」

そんなもの、あるか。あるわけないだろ。

胸の中で叫ぶ。もちろん、口が裂けたってそんなことは言えやしない。

「もっと早く届けてくれないかな。こちらとしても困るんだよね、楽しみにしてたんだから」

「申し訳ございません。出来るだけ早くお届けできるよう努力いたしますので」

いっそのこと「いらない」と言ってくれればいいのにと思う。そうしたら、代金を返せば済むことだ。しかし、そう簡単にいくはずもない。

「じゃあ、さあ」

相手がいくらか声音を変えた。

「そっちのミスってことは認めてるんだから、それなりのサービスはあるよね」

来たな、と思った。

「次回ご利用の際の割引券をご用意させていただきたいと思っております」

言って、萌は相手の出方を窺った。

「割引券ねぇ、それより、迷惑料として、今回の代金をロハにしてくれないかな」

つまり、電話を長引かせているのは、それが目的ということだ。

「お客さま、申し訳ございませんが、それはちょっと」

「ふうん、ダメなんだ。最初に不良品を渡しといて、次のにまた二週間以上も待たせて、それで割引券で済まそうっていうのは虫が良すぎるんじゃないのかな。消費者センターに相談してみようかな」

萌は黙る。消費者センターが怖いわけじゃない。こんなトラブルなどよくある話だ。返金するか、再度の取り寄せを待ってもらうか、解決はこのふたつに決まっている。気持ちとしては「勝手にすれば」だが、話をこじらせたくなかった。こういう客は、機嫌を損ねるとしつこい。無言電話や、架空注文で仇を取ろうとする。とっとと話をつけてブラックリストに載せ、次回からの注文は受け付けない処理をした方がてっとりばやい。

主任という肩書きがつくようになってから、萌にもある程度の決裁が任されていた。代金は送料込みで七十五ドル。金額的には大したことはない。どうしようかと考える。タダにするのもどうかと思うが、これ以上、電話でやりとりを続けている方がもっと時間の無駄だ。

「わかりました。では、そうさせていただきます」

そう答えると、当然のことながら、客の対応ががらりと変わった。

「へえ、やっぱり言ってみるもんだな。じゃあそういうことでよろしくね。それから、今度はちゃんと動くかどうか、君が試してから届けてよね」

ヘラヘラと笑いながら、客はようやく電話を切った。

萌は長い息を吐き、受話器を置いた。それから、引き出しからポーチを取り出し、それを手にしてデスクから離れた。廊下に出て、トイレの前を通り過ぎ、突き当たりのドアを開けて、非常用の外階段に出る。ドアが閉まったことを確認してから、思い切り大声を上げた。

「なめんじゃねえよ、馬鹿野郎！」

叫んでから肩で大きく息をついた。最近、こんな大声など上げたことがなかったので、酸欠になりそうだった。

届けた商品が不良品だったのは、明らかにこちらのミスだ。苦情を受け付けるのが萌の仕事なのだから、謝るのは当然だと思っている。そのことに、不満を言うつもりはない。しかし、モノがモノだった。謝りながら、萌は情けなくてならなかった。その客の注文の品というのはバイブレーターだったからだ。

もちろん、セックスに使うアレだ。客は、届いていざ使い始めたら、ものの一分もしない間に動かなくなった、と、やけに具体的に、彼女のアソコにどういうふうに入れたか、ということまで事細かに説明した。不良品だったのは間違いないのだろうが、萌をからかっているのも確かだった。そんな電話に結局、四十分も付き合わされることになった。

「冗談じゃないわ、まったく」

社が輸入代行として取り扱う製品が、ここ一年ぐらいで微妙に変わってきていた。カタログの中にダイエット食品とか健康食品と並んで、精力増強ドリンクのような怪しげな薬などを紛れ込ませるようになり、それが結構注文が多いことがわかると、社はその方面に興味を示すようになった。エッチな下着や、ボンデージ衣裳、アダルトビデオやエロ雑誌、そしてこういったバイブレーターといったセックス関連の商品だ。それも以前は、カタログの最後の方に遠慮がちにほんの一ページぐらいだったのが、今では五ページもある。

前はもっとまともだった。「世界とあなたをつなげるカタログ」と銘打って、日本では手に入らない絵画や本という文化的なものから、各国独特の家具や食器という日常を彩るような商品をメインに扱ってきた。

それが今じゃバイブレーターだ。

いくら不況だからといって、ライバル社が増えたからといって、少し節操がなさ過ぎるのではないか。

何で私、こんなことをやってるんだろう。

萌はポーチから煙草を取り出した。

少なくとも、壊れたバイブに、四十分以上も謝り続けなければならない仕事がしたかったわけじゃない。

学生の頃、報道記者になって世界を駆け巡るという夢があった。結局、バブル崩壊や就職難という現実を目の前に突き付けられ、叶えることはできなかったが、せめて世界とかかわっていたい思いだけは持ち続けようと、輸入代行のこの会社に入社した。

五年間、頑張ったと思う。海外との連絡は、時差のせいで真夜中や明け方になることもあって誰もが嫌がったが、萌は率先して引き受けた。会社に泊まりこんだことも少なくない。そういう姿勢が認められたからこそ、主任という肩書きもついた。そのことは、自分なりに評価してもいいと思っている。

それがバイブだ。

三本、立て続けに煙草を吸ったら、ちょっと気持ち悪くなった。

萌は手摺りに寄り掛かって、空を見上げた。まだ半袖は手放せないが、いくらか青が深まって、上空にはもう北からの風が流れ込んでいるのが感じられる。

もし、自分が女でなかったら、やはりいろんなことが違っていただろうか。

別に女に生まれたことを不運だと思ってはいないが、不便だと感じることはよくある。

さっきの苦情の電話など、その典型的な例だ。相手は、萌が女である、ということを前提に悪趣味なからかいで接してくる。もし対応したのが男だったら、あの客の出方もまったく違っていただろう。

男女平等と、学校では教えられてきたけれど、社会の仕組みがわかるようになってから、それが本当に建前だったということを痛感した。萌よりずっと成績が下と思える男子学生が、面接さえ断られた萌を尻目に、するりと合格してゆく。ある程度覚悟していたつもりだったが、そんな現実を目の前に突き付けられると、やはり自分が女であることのハンディを感じた。

そうして、少しずつ自分自身が「どうせ私は女だから」と、どこか開き直り、どこか言い訳にしているところが見えてきていた。そんなこと、口が裂けてたって言いたくなかったし、言われたくもなかったはずなのに。

小さくなったなぁ、と思う。尖《とん》ってた部分が摩耗して、ちんまりまとまって、だんだんつまらない退屈な女になってゆく。別に、誰に「すごい」と言われなくてもいい。ただ、もうちょっと自分にハラハラして生きていたい。

そろそろデスクを離れて十五分だ。萌は携帯灰皿に吸い殻を入れて、ポーチに戻した。長く席を空けていると高野課長のチェックが入る。

その時ふと、携帯電話にメッセージが入っているのに気がついた。萌は再生の操作をして、耳に当てた。

「えっと柿崎です。近いうちにメシでも食いませんか？　よかったら連絡をください」

ふうん、と鼻で息を吐き出しながら、消去した。

柿崎からは、今までもこうして時々メッセージが入っていた。どう対応しようか考えているうちに、そのまま放っておくという形になっていたが、無視していたわけじゃない。初めて出会った日に寝ておいて、今更、殊勝なことを言えるわけがないが、柿崎は結婚している。わざわざ約束をして出掛けるとなれば、アクシデントの一夜とはちょっと意味が違ってくるような気がする。

けれど、柿崎のあのちょっと狡さが見える奥二重の目が思い出されると、彼と今夜、飲むのも悪くないなと思った。

萌はしまいかけた携帯電話を再び取り出して、柿崎にコールした。


「つまり、それが私とるり子だとでも言いたいわけ？」

象牙の箸を手にしたまま、萌は上目遣いに柿崎を見た。

白金台の中華料理店は、十ほどのゆったりとしたテーブルがあり、その三分の二が埋まっていた。そのほとんどがどう見ても愛人関係と思われるカップルばかりだった。まったくこの世の中ときたら、と舌打ちしたくなってから、考えてみれば自分たちも似たようなものだと気づいた。

「いや、そんなことは言ってないさ」

「私はどういう状況に陥っても、せっせと働き続けるしかないってわけね」

「話を飛躍させないで欲しいんだけど、でも、君は働くのが好きなんだろう。だったら、それでいいじゃないか」

「そうだけど、死ぬまで働き蟻っていうのは、あんまりだわ」

言いながら、ぷるんとした包子《パオズ》を口に運ぶ。口の中で熱々のスープが広がり、火傷しそうになる。

柿崎はこう言ったのだった。

「働き蟻っているだろう。でもね、あれは全部が全部、ちゃんと働いているわけじゃないんだ。そのうちの五パーセントぐらいは、やる気がなくて、いつもサボってばかりいる。それで、その五パーセントのサボリ蟻を全部排除したとするだろう。すると、今まで働いていた蟻の五パーセントくらいが、また働かなくなる。逆に、サボリ蟻ばかり集めてみると、それなりに働く蟻というのも出現して、結局、その中の五パーセントが、サボリ蟻として残るわけだ。どうしてそうなるのか、それはわからないみたいだけど、少なくとも、世の中にはその五パーセントのサボリ蟻と、最後の最後まで働く蟻のふたつの存在が必要だってことだろうな」

柿崎は単なる話題として口にしただけだろうし、本当の話かどうかも怪しいものだ。けれども、萌はふと、るり子と自分とを対照的に想像した。

怠け者で男に依存することばかり考えていて、芸能人とブランド製品とお洒落のことにしか興味がないるり子に呆れてはいたが、今となってみれば、失敗を繰り返しながらも、彼女の方がちゃんと幸せを摑んできたように思える。

勉強にも仕事にも、人にとやかく言われないくらい頑張って、時には「面白みがない」とか「性格がキツイ」と言われても、平気な顔でいられるくらいの根性はあっても、いつも肝心なところで手にしたいものを取り逃がしてきたのは自分のように思える。

だいたい、と萌は呟く。

だいたい、私の幸せは何なのだ。私は何が欲しいのだ。

「つまんない話題をふっちゃったみたいだね」

柿崎の言葉に萌は顔を向けた。

「どうして？」

「急に無口になった」

彼の探るような目に、つい、意地悪くなった。

「あなたって、意外と気が小さいんだ」

柿崎は怒ると思ったが、そんな素振りは少しも見せず、却って、あっさり負けを認めるように肩をすくめた。

「気になる女性の前では、男なんてみんなそうだよ。と、一般論に持っていこうとするところが、まさに証明している」

萌は思わず笑いだした。

「あなたって、相当したたかよね」

「どうして？」

「どんな皮肉を向けられても、機嫌を悪くしたりせず、最後はちゃんと笑いに持ってゆくの。女を笑わせたら、男の勝ちだものね」

「じゃあ」

グラスに柿崎は手を伸ばした。

「今夜はＯＫと解釈していいのかな」

萌はまっすぐに彼を見つめ返す。

「もう、してるくせに」

柿崎がそのいくらか癖のある口に、とろりと揺れる紹興酒を運んだ。

セックスって不思議な行為だと、柿崎と身体をぴたりと合わせながら、萌はふと冷静になる。いつもいつも気持ちよくなれるわけではないが、セックスは好きだし、体調のいい時はちゃんとイクことができるし、長いことしていないとしたくなる。否定するつもりなどさらさらない。それでも時々、こういうことに、どうして人はやたら情熱を燃やしたり、執着したり、巨根とか名器とか絶倫とかを気にしたり、時には自尊心をかかわらせたりしてしまうのか、わからなくなる。

考えてみれば、セックスなんて誰もがみんな同じようなことをやっている。趣味嗜好が特殊でなければ、バリエーションに大した違いはない。萌も、今まで何人かとセックスしてきたが、行為そのものは、結局、さほど違いはない。

初めての時、萌は十六歳で相手は大学生だった。すごくすごく好きだったから、めちゃくちゃ痛かったけれど我慢した。当然のごとく、セックスのよさなんか全然わからなかったが、幸せだった。愛情をそういうことでしか表現できないような子供だったということだ。三ヵ月で他の女に乗り換えられた時はすごく傷ついたが、セックスが男と女にとって唯一のものにはならないということを知っただけでもそう悪い体験ではなかったと思っている。大人になって、ぜんぜん好きではない男とセックスした時、すごくよくてびっくりした。ぜんぜん好きじゃないのに、その男としたくてたまらず、毎日のように会って、毎日のようにセックスした。それで、何だかすごくその男を好きになっていたような気がしたが、セックスにあきたら、男にもあっさりあきていた。

セックスでわかることなどたかがしれている。愛なんてものを計ろうとすれば、もっとわからなくなる。セックスなんて、相手の身体を利用したマスターベーションだ、と言ったのは誰だったろう。

目を閉じて、そんなことばかりを考えている自分に気づいて、萌は思わず苦笑した。

気に入ってしまいそうなものを見つけた時、必ずいちゃもんをつけたがる、自分にはそんなところがある。

萌はもうわかっている。

柿崎は、とてもいいセックスをする。

7

課長の高野逸子から、会議室に来るよう呼び出しがかかった。

先日の、バイブレーターの件かと思うが、あれはすでに話がついている。その他に何があるだろうと考えるが、思い当たるフシはない。それでも、いい話ではない、というような予感だけはあった。

高野課長は入ってきた萌に愛想よく椅子を勧めた。

「どうぞ、座って。いやね、そんな緊張することないんだから」

高野が機嫌がいい時は曲者だ。萌は言われた通り、椅子に腰を下ろした。

「何でしょうか」

「実はね、あなたに部門をひとつ任せたいと思ってるの」

「え？」

萌は思わず顔を上げた。

ものすごくいい話ではないか。部門を任されるということは、商品の選定から、カタログの製作まですべてを手懸けられるということになる。買い付けや交渉にも直接海外に出掛ける。自分の才能とセンスが生かせる仕事だ。

「この間、会議があったの知ってるわよね」

「はい」

課長以上の役職が出席する月例会議である。もちろんそこには社長も並ぶ。

「そこで、新しい部門をひとつ作ろうということになったのね。それで、その責任者に私はあなたを推薦したの。まだ若いって意見もあったんだけど、私は、若いうちにどんどん責任ある仕事を任せてゆけばいいって思ってるから」

「ありがとうございます」

萌は高揚していた。自分の部門を持つということは、主任の中でももうワンステップ上がるということになる。同い年の中では、男性社員も含めて一番乗りだ。

「それで、それはどういった部門なんですか?」

高野課長は口角をきゅっと持ち上げて、ますます愛想をよくした。

「今まで、カタログの後ろの方のページにちょこっと載せてたんだけど、結構、注文も多いし、この際、もう少し力を入れてみようということになったのね」

萌の顔から笑みが消えた。瞬く間に、いやな予感の方が蘇った。

「もしかしたら」

「ええ、そうよ。アダルト系の商品よ。これからもっといろんな種類のものを輸入してゆくつもりでいるから」

「あの」

「何か？」

「そういうのは、ちょっと」

「どういう意味？」

「私には、ちょっと荷が重いというか」

するると、高野課長はすべてを見透かしたように言った。

「ねえ、早坂さん。うちの社でも、リストラの風が吹いてるのは知ってるわよね。今は、わがままを通せるような時代じゃないの。そんなことはないと思うけど、もし、あなたがノーなんて言うようなことがあったら、あなたもその中に巻き込まれてしまうかもしれないわ。もちろん、そんなことはないと思うけどね」

萌は黙って、自分のパンプスの先に目を落とした。

「申し訳ないですが、断らせてください」

言うと、高野課長は心底驚いたように、萌を眺めた。

「早坂さん、何を言ってるの。私は部門をひとつ任せると言ってるのよ。同期では一番乗りでしょう。いい話のはずよ」

「他の誰かに回してください」

「断るということは、どういうことかわかってるのかしら」

高野課長の口調が、いくらか脅迫めいたものに変わる。一呼吸置いて、萌は答えた。

「わかってます。辞めます」

口にしたら、急に気持ちが晴れ晴れしてびっくりした。ずっと前から、胸の隅でくすぶっていたものの正体がようやく見えたような気がした。何か違うと思っていた。自分のいる場所も、していることも。それに気づかないように、なんだかんだと御託を並べて、自分をうまく紛らわしていた。けれども、そのすべてはこんな簡単に解決することだったのだ。

「辞めるなんて、安易に口にしちゃいけないわ」

たしなめるように高野課長が言った。

「いやな仕事に回されたらすぐに辞める。それでいいのかしら。そんなことだから、今時の若い者はって言われるのよ。好きなことだけやってゆける人生なんてないの。会社という組織に所属して、それなりの報酬を受け取っている以上、まずは会社の利益を考える。当然のことでしょう。そのために、時には、いやなことも我慢して引き受けなければならないの。それも責任を持ってね。それが社会人としての在り方のはずよ」

それから、自信たっぷりに萌を眺めた。

「私の言ってること、間違っているかしら」

萌は首を振った。

「おっしゃる通りだと思います。だから、いやなことは我慢しようと思います。けれど、本当にいやなことは、我慢したくありません。そういう自分でいたいんです」

「ずいぶんりっぱなことを言うのね」

「生意気だって思われても仕方ありません。課長からすれば、私なんか世間知らずのひよっこにしか見えないでしょうけれど、私はどう自分を説得しても、規制ぎりぎりのバイブレーターやエロビデオを売ることに価値を感じられないんです」

「あなたが、アダルト系の仕事をしたくないのはわかるわ。それに価値を見いだせっていうのも確かに難しい話よね。私だっていつまでもあなたをそこに置いておく気はないわ。しばらくの辛抱よ」

「しばらくって、たとえば、どれくらいですか？」

「そうね、二年か三年」

「そんなに」

「先の年月は長く感じるけど、過ぎてみれば、何だ、こんなものと思えるわ」

「そして、どうなるんですか」

「あなたの好きな部署に配属してあげるわ」

「それ、約束できますか」

「私を信用できないと？」

「会社という、組織をです」

入社してから五年の間、会社がどういうものか見てきた。残業続きで体調を崩して入院した女子社員は、結局、労災が下りないまま退職させられた。親の介護で有給休暇を全部使った社員は、翌年、いやがらせとはっきりわかる異動で倉庫室に追いやられた。まじめだけれど、面白みがなくて人付き合いの苦手な社員より、経費を水増しし、面倒な仕事は人に押しつけるくせに、重役たちの受けがいい社員の方がずっと出世が早い。

「困ったわね」

高野課長が煙草に火をつける。

「あなた、甘いわ。辞めても、この不況の中で次の仕事を探そうたってそう簡単じゃないのよ」

「でも、断ればどうせリストラですよね」

「社としては当然よ」

それから、まるで見下すように付け加えた。

「悪いことは言わないわ。素直に仕事を引き受けなさい。それがあなたのためよ」

「私のため？」

「流行の服が欲しいでしょう。ブランドのバッグや靴も。旅行にも行きたいだろうし、広くて快適なマンションにも住みたいでしょう。そういうことよ」

萌は思わず笑いだしたくなった。これほど露骨に権力を見せ付けられたのは初めてだった。どうして今まで、そんな論理を受け入れてきたのだろう。

お金のため。もちろん、それもある。でも、それだけじゃない。怖かったからだ。自分の足で立っているだけではどこか心許なくて、自分を支える杖のようなものが欲しかった。それも、できるだけ強くて太い杖だ。会社という組織の中にいれば安全だと考えていた。けれど今、それと引き替えにしなければならないものの大きさを痛感していた。

「ご忠告ありがとうございます。でも、もう決めました。辞めます」

苛立ちを隠そうともせず、高野課長は煙草を灰皿に押しつけ、腹立たしげに席を立った。

「そう、だったら好きにしなさい。痛い目にあわなきゃわからないみたいだから」

萌は少しだけ笑った。

痛い目も悪くない。


「で、辞めちゃったの？」

「そう」

「やるじゃない」

くふくふ笑うるり子の声を聞きながら、萌は肩に受話器を挟んで、缶ビールのプルリングを引っ張った。

「まあね」

「プータローってわけね。ま、今時、めずらしいことでもないけど」

「しばらくは、退職金と失業保険で何とか暮らせるから」

「先のことなんか、心配してる？」

「そりゃあ、少しはね」

「仕事のアテとかあるの？」

「あるわけないじゃない。会社を辞めるなんて、その時まで想像もしてなかったんだから」

「ま、何とかなるわよ」

るり子と話していると、すべてのことが大したことではないような気になってくる。今はこういった無責任な言葉の方が、ずっと救われた。

「そんなことより、崇くんなんだけど」

「どうかした？」

「萌のとこに行ってる？」

「そっち、出てったの？」

「そうなの。もっと居ていいって何度も言ったのに」

「新婚のマンションに居候《いそうろう》じゃ、彼も居心地が悪いわよ」

「私は平気よ」

「ダンナは嫌がってないの？」

「どうかなあ」

「普通は嫌がるわ」

「でも、どうせ信くんは仕事で帰りが遅いからほとんど崇くんと顔を合わせないし、お休みの時だって、ふたりよりたくさんでいた方が楽しいじゃない」

「みんなが、自分と同じ感覚の持ち主だと思うなって、何度も言ってるでしょう」

るり子がため息をつく。

「ねえ、どうして人って、人に気を遣ったりするのかしら」

「人にはそれぞれにペースがあって、それをお互いに尊重しなければならないということを知っているからよ」

「ペースなんてどうせ乱されるものでしょう。だったら、どういう状況に陥ろうと、ちゃんと楽しんで暮らせるようにならなくちゃ」

「言っておくけど、自分の楽しいを、るり子の楽しいに置き換えられちゃたまんないわ」

「そんなもの？」

るり子はしばらく考え込んだが、すぐにそんなことは無駄だと悟ったらしく、話を元に戻した。

「もし、崇くんが萌のところに行ったら、戻っておいでって伝えて」

「家出なんて諦めて、実家に帰ったんじゃないの」

「そうかな」

「所詮、十五歳のガキだもの。限界があるって」

「ま、それだったら仕方ないけど。そうだ、今度、萌のプータロー記念会をやりましょうよ。青山にいい店見つけたの」

まったく、るり子は何かイベントがないと生きてゆけない女だ。

電話を切って、萌はビールを飲みながらしばらくぼんやりした。

明日もあさっても、何もすることはない。仕事の引き継ぎにしばらく時間を取られると思ったが、一日で済んでしまった。それなりに頑張ってきたつもりだったが、結局、その程度の仕事しかしていなかったということだ。同僚たちも少しは驚いていたようだが、概《おおむ》ね淡々とした目で見ていた。いつも思うけれど、この人がいなくなったら会社はどうなるのだろう、と思うようなポジションにいた人でも、いなくなったらなったでどうにでもなる。代わりはいくらでもいて、誰々でなければならない、なんてことはありえない。

朝は好きなだけ寝坊ができるし、昼寝は思いのままだし、早寝も誰にも咎められない。一日、すっぴんで構わない。着替えるのが面倒だったらパジャマのままで過ごしてもいい。顔を洗わなくても、お風呂に入らなくても、誰に迷惑かけるわけじゃない。ワイドショーは見放題で、食べ物はコンビニかデリバリーで済ます。世の中には、こんなにもだらしなく暮らすという快適があったのだと知り、萌はたっぷりそれを楽しんだ。

しかし、一週間やったらうんざりしていた。

久しぶりに鏡を覗くと、失敗した福笑いみたいに、顔のパーツがすっかり間延びした自分が映っていた。顎の辺りにも何だか肉がついてしまったように見える。ジーパンをはくと、案の定、ジッパーがきつい。

萌はすべてを脱いで裸になった。鏡に映して、じっくり眺める。胸は大きくはないが、結構、いい形をしている。けれど、おへその横にあった筋肉の縦線が見事なくらい消えていた。横を向くと、下腹がぽっこり突き出ていて、ヒップと太ももの境目も曖昧になっている。

いかん。このままじゃ、いかん。

思わず叫びそうになった。世の中から取り残されてゆく。取り残されてゆくことに、平気な女になってしまう。

慌てて、萌は裸のまま引き出しを片っ端から開いていった。確か、るり子から貰ったエステティックサロンのサービス券があったはずだ。あちこち探し回って、ようやく見つけだした。よかった、まだ期限は切れてない。すぐに出掛ける準備をした。

夕方には、ぴかぴかになっていた。

サウナと、全身オイルマッサージと、フェイシャルで、溜まっていた毒素が抜けたような感じだった。

エステティシャンの「ぜひ入会を」との、ものすごい勢いの勧誘もうまくかわして外に出た。それくらいの対応は、会社の顧客苦情で散々鍛えられてきたからお手のものだ。

サロンで無料で使える化粧品で、メイクもしっかりしてきた。こうなると、誰かを誘ってちょっと遊びたい気分になる。となると、今のところ、柿崎しかいない。

急だから無理かと思ったが、連絡を入れると「じゃあ、七時に」と、彼は新宿の喫茶店を指定した。約束までに少し時間があったので、萌は本屋で求人誌を買った。

約束の喫茶店に入って、コーヒーを注文し、求人誌のページを開いたものの、すぐに絶望的な気分になった。高野課長の言葉を肯定したくはないが、次の職を見つけるのは確かに甘くない。職種、勤務地、労働条件、賃金、年齢制限。それらの項目を目で追いながら、これはダメ、これはパス、と呟く。一緒にため息がもれた。

今、二十七歳だが、もうすぐ二十八歳になる。持っている資格は英語検定の一級くらいで、これといった特殊な技能は何もない。パソコンも人並みで、得意というほどじゃない。経理は疎く、外回りをするような営業経験もない。接客経験もない。就職して五年もたつというのに、キャリアと呼べるようなものは何ひとつないのだった。

私、何やってきたんだろう。

絶望的な気分になった。

「元気？」

と、頭上から声があり、萌は顔を上げた。

すっかり見慣れた柿崎のはずなのに「あれ、この人ってこんなだったかな」と思っている自分がいた。

「こんにちは」

思えば、こういう感覚は、ずいぶん前からあったように思う。そうして、どこか彼とのことを後悔するような、何かの間違いのような、照れくさいような、どうにも落ち着かない気持ちになる。まるで、引き返すなら今だ、みたいに。

柿崎は向かいの席に腰を下ろし、萌が手にした雑誌に目を向けた。

「やっぱり本当だったんだね」

萌は雑誌を丸めてバッグの中に押し込んだ。

「るり子に聞いたのね。まったく、どうしてるり子は物事を胸の中にしまっておけないんだろう」

「どうして辞めたの？」

説明を始めると長くなりそうな気がして、いちばん真実に近そうな理由を言った。

「あの会社は、自分の居る所じゃないと思ったから」

「それだけ？」

「十分な理由だと思うけど」

柿崎は長く息を吐き出した。

「気を悪くするかもしれないけど」

「なに？」

「それくらいで辞めるなんて、気楽でいいなあと思ってね」

当然、気を悪くした。

どんな気楽に見えても、リスクは背負っている。辞めることは簡単でも、辞めた後は大変だ。そのことはちゃんと承知している。何故か知らないけど、男はいつも耐えることを美化して、どんなに不本意なことをやらされても今の自分に納得する。それを責任とか、義務とかいう言葉に置き換える。気楽という言葉を使われるなら、萌の方こそ、柿崎に言いたい。

「あなたこそ、辞めようと思わなくていい会社に勤められて、気楽でいいわね」

柿崎は一瞬黙り、それから納得したように頷いた。

「うん、確かに、結構気楽かもしれない」

柿崎には、狡いところが相当ありそうだが、美点としてこういう素直さもある。男は女の前でいつも〝まっとうな大人〟でありたがるが、柿崎にそれはない。ある意味でピュアに生きている。そこが萌の気に入っているところでもある。

洒落た鉄板焼の店で食事をし、その後に、柿崎は二丁目のゲイバーに連れて行ってくれた。

店に向かう途中、マスターの名が文ちゃんということ、高校の同級生であること、自衛隊に三年いてそれからその世界に入ったこと、店を開くまで彼の嗜好に全然気がつかなかったこと、などを聞かされた。

「マッチョタイプの奴だったから、ほんと、聞いた時はびっくりしたよ」

「お化粧とかする人?」

「いいや、格好なんかも普通の男だよ」

二丁目が近付いてくるに従って、町の雰囲気が変わってくる。やたら男ばかりが目立つようになる。男同士で手をつないでるのが、ここでは少しも不自然に見えない。萌はゲイに対してフラットな気持ちでいるつもりだが、男が自分のタイプだったりすると、ちょっと残念に思う。ああ、もったいない、女も悪くないのに。余計なお世話だろうけれど。

店は通りから少し入った所にあった。ドアに『キッチュ』と銀色で書いてあり、押すと、夜の匂いが流れて来た。

「いらっしゃい」

野太い声に迎えられて、中に入った。インド映画に出て来るような、太めで濃い顔の男がカウンターの向こうに立っている。マスターの文ちゃんだとすぐにわかった。髪は短く、見た目は体育会系そのもので、ちょっとお笑いも入っている。ボタンを四つはずした光沢のある白いシルクシャツがかなりいやらしい。

「久しぶりじゃない、もうちょっと顔を見せてよ」

「悪い悪い、ここんところ忙しかったんだ」

柿崎と萌はスツールに腰を下ろした。カウンターの中には、文ちゃんの他にもうひとり、ひょろりとした二枚目の店員がいる。客は、萌たち以外に三人だ。もちろんみんな男だ。彼らはちらりとこちらに視線を向けたが、もちろん萌を見たわけではなく、柿崎へのものだ。入ってきた客を、前にいた客が品定めをする、というのは、男が男を、というところを除けば、ナンパなクラブと少しも変わらない。

「こちら、友達の早坂萌さん」

柿崎が萌を紹介した。

「いらっしゃい」

文ちゃんが礼儀正しい口調で言い、笑顔を向けた。たぷんとした耳たぶで、ダイヤのピヤスが揺れている。

「こんばんは」

萌は軽く頭を下げた。

文ちゃんと柿崎は、何だかすごく楽しそうに、萌の知らない話を始めた。萌は退屈になって、つい、水割りのグラスを口に運んだ。このペースを続けたら二日酔いになるな、と思ってから、どうせ明日も好きなだけ寝ていていいんだと気がついた。だったら、とことん飲んでやろう。

「ごめん、退屈？」

柿崎が尋ねた。

「ううん、全然」

萌は答える。

「祐介がうちの店に女の子を連れてくるなん初めてだよね」

文ちゃんが柿崎を名前で呼んだ。

「そうだっけ」

「連れて来たってことは、デキてるからなのかな、それとも全然そんなんじゃないからなのかな、どっち？」

答えようとする柿崎を、萌は遮った。

「マスター、どっちだと思います？」

文ちゃんが、ちらりと萌を眺める。

「文ちゃんでいいよ」

「はい」

「ま、どっちにしても、ノンケの色恋には興味がないから、僕はどうでもいいけどね」

萌は柿崎に顔を向けた。

「聞いてもいい？」

「なに？」

「ある女が、花屋の前でとても綺麗なバラの花を見つけたの」

「何だい、急に？」

「たった一本でいいから、そのバラが欲しくてたまらないの。でも、お金を持ってない。それでも欲しくて、花屋の店員と、バラ一本を引き替えに寝ちゃうの。柿崎さんは、その女のこと、どう思う？」

柿崎は、脈絡なく始まった萌の話に苦笑している。

「参ったな」

「いいから答えて」

少し考えてから、柿崎は言った。

「無欲だなって思うよ。何もたった一本のバラと自分の身体を引き替えにすることはないだろうにってね」

「せめてバラ百本にしろとか？　他で売春して五万ぐらい稼いで、一本買った残りのお金で別の物を買えばいいって？」

「まあ、そうだな」

いかにも柿崎らしい答えだと萌は思った。

「じゃあ、文ちゃんはどう？」

文ちゃんは、萌と正面から目を合わせた。

「反対ね。何て欲張りな女なんだろうって思うわ。欲しいものがあれば、どんな手段を使っても手に入れようとする。きっとそいつは、花火が見たくなったら、花火屋に放火するような女よ」

萌は納得していた。ゲイの男が男を好きなことぐらいもちろん知っているが、その感覚には二種類あると思っている。気持ちが女と同じように男が好きなのか、それとも、男のままに男が好きなのか。文ちゃんは、萌と同じ感覚で生きている。そうして、柿崎が好きだ。萌の知らない話題を持ち出すのも、やけに礼儀正しいのも、ライバルとして萌を見ているからだ。男を恋敵にするのは初めてだ。

その時、ひょろりの店員がマスターに近付いて来た。

「あの、バイトのはり紙見たって子が外に来てるんですけど」

「ふうん、どんな子？」

「結構、可愛いですよ」

「じゃあ、面接するから連れて来て」

文ちゃんは「ちょっと、ごめん」と言ってドアの方に近付いて行った。

「さっきのバラの話だけど、どういう意味があるの？」

柿崎が尋ねた。

「何でもないの、ちょっと思いついただけ」

「どう考えたって、僕には欲がないとしか思えないな、だってバラ一本なんだよ。で、君はどっち？」

文ちゃんには気の毒だけど、柿崎に思いが通じることはないだろう。柿崎はあまりにノーマル過ぎる。男の気持ちを受け入れるというような、垣根を取り払えるタイプじゃない。萌は答えた。

「もちろん、文ちゃんと同じよ。欲張りな女」

「そんなもんかなあ」

ドアの方から「今夜からでもいいよ」というマスターの声がして、萌は顔を向けた。またひとり、ゲイの誕生か。ここに来ると、世の中の男はみんな男が好きなんじゃないかと思えて、がっかりしてしまう。

ドアの前に、いくらか緊張した男の子の横顔が見えた。いったん、視線を戻してから、ハッとした。慌ててもう一度振り向いた。思わずスツールから落ちそうになった。

男の子は、崇だった。

8

信之がソファに寝転がって、テレビを観ている。休みの日は、接待ゴルフに行くか、ゴルフ番組を観ているかのどっちかだが、どっちにしても、るり子に大した違いはない。

崇が出て行ったので、信之はすっかりリラックスしている。

「やっぱり、ふたりだけがのんびりしていいよなぁ」

などと言うけれど、るり子はちっともそう思ってはいなかった。

崇がいた方がよほど楽しかった。日中はよく一緒にテレビゲームで遊んだし、連れ立って買物にも行ったし、料理も作った。生意気なところもあったが、性格はまっすぐで歪んでない。ところどころに見せるお金持ちのおぼっちゃんぽい振る舞い、たとえばトイレのフタは必ず閉めておくというようなところだ、そんな律儀さが可愛かった。フットワークもよくて、買物の途中に、クジラの形をした熱気球を見つけた時、陽が沈むのも気づかずふたりで追い掛けたこともある。

もし、信之だったらどうだろう。結婚前は、それこそ「僕がつかまえてあげる」くらい言ってくれただろうが、今はきっと、ぼんやり見上げて「ふうん、面白いね」で終わるに決まってる。本当に面白いことは、そこから先にあるというのに。

るり子は床にクッションを置いて、腰を下ろしている。外は天気だ。空はソーダ水で満ちているようなブルーに染まり、ベランダの窓から、午後の日差しが綿毛のように差し込んで、るり子の体を包んでいる。

「ねえ信くん、どこか行こうよ。せっかくいいお天気なんだから」

「どこって、どこ？」

くぐもった声で信之が答える。

「お台場なんかどう？」

「若い奴らでいっぱいだよ」

「じゃあ、遊園地か動物園」

「もっといっぱいだよ」

「ハンズかロフトでもいいわ」

「何か買うものあるの？」

「別にないけど、見るだけで楽しいじゃない。色んなものがあって」

「そうだけど、わざわざ休みの日に行くことはないんじゃないかな」

「じゃあ、いぬたまは？　この間、崇くんと行ったらグレートピレニーズの子犬がいたの。すっごく可愛いんだから。信くんにも見せてあげたい」

「それも悪くないけど、２４６は混むしなぁ」

信之は曖昧に答えるばかりだ。結局は、家でごろごろしていたいっていうのが本音なのだろう。ごろごろは、るり子も嫌いじゃない。けれど、今日みたいに綺麗な色の空が広がっている日ぐらい、どこかに出掛けたい。

るり子はつい、意地悪な気持ちになった。

「そうそう、そのいぬたまに行った日なんだけどね」

少しもったいぶった言い方で、信之に言った。

「二週間前の日曜よ。信くんは、あの日は確か、ゴルフだったわよね」

「そうだっけ。ああ、そうそう、取引先の常務と伊豆だった。すっごい下手でさ、わざとカップをはずすの大変だったんだから」

「じゃあ、いぬたまの近くのタイ料理屋に向かって歩いてたのは誰かな」

信之が息を止めて沈黙した。

「とっても若い女の子と腕組んでいたのは、私の見間違いかな」

ソファからぴりぴりした緊張感が漂ってくる。

しばらく反応は何もなかった。このまま寝たふりでもするつもりだろうか、と思ったとたん、信之ががばっとソファから飛び降り、床に両手をついた。

「ごめん！」

あまりに唐突な反応だったので、るり子の方が面食らってしまった。

信之は頭を下げたまま、早口で弁明を始めた。

「嘘をついて悪かった。確かにそれは僕だ。でも、聞いてくれ。あれは会社の女の子なんだ。相談したいことがあるって言われて、仕方なく昼飯を一緒に食ったんだ。それだけのことなんだ」

「でも、相談するのに腕を組むことはないんじゃない？」

「いや、それは、その、ごめん。確かに、腕も組んだ。でもそれはあっちが強引にしてきたことで、僕としては何度も振り払ったんだ。本当だよ。けど、あんまり振り払うのもかわいそうな気がして、少しだけそうやって歩いた。そこをるりちゃんが見たんだと思う。何を言っても言い訳にしか聞こえないかもしれないけど、でも、本当にそれだけなんだ。絶対にやましいことなんてしてないんだ。だから、ごめん。本当にごめん」

信之は、床に額をこすりつけるようにして謝り続ける。

何だかその様子が面白くて、わざと黙り込むと、まだ足りないと思ったのか、信之は喋り続けた。

「僕だって、断りたかったんだ。でも、僕の下で働いてくれている子だし、近ごろの若い子は強引っていうか、人の迷惑を考えないっていうか、とにかく相談に乗ってくれって一点張りでさ。仕方なく、出掛けて行ったんだ」

「だったら、嘘なんかつかずに正直に言ってくれたらよかったのに。私がやきもちを焼くとでも思ったの？」

「いや、るりちゃんがそんな肝っ玉の小さい女とは思ってないさ。うん、そうだよね、言えばよかったんだ。るりちゃんに誤解されるんじゃないかなんて、つい余計な心配をしてしまった。嘘をついた方がよっぽど誤解されるのにね。ああ、僕は何て愚かなんだろう。今、すごく反省してる」

「いいのよ、もう」

甘いかな、と思いながら、るり子は言った。

「本当に？　これでちゃんと誤解は解けた？」

「うん、ちゃんと解けたから」

たかが女の子とデートしたことぐらいどうってことない。そんなことでキリキリしてたらもたない。るり子だって、信之が出張で居なかったりしたら、昔のボーイフレンドと食事くらいする。もちろん、そんなことは言わないけれど。

「ああ、よかった」

信之が心底安心したように、ふうっと長く息を吐き出した。

「信くんって、会社の部下の子に頼りにされてるのね。何だか、逆に見直しちゃったわ」

「いや、それほどでもないけどさ」

信之がちょっと照れたように笑う。

家で見る信之は、優しいけれど今ひとつ物足りないところがある。けれど、仕事をしている時はやはり違うのだろう。

そう思って、改めて眺めると、背も高いし、筋肉質だし、目鼻立ちも整っているし、なかなかかっこいい男だ。会社の女の子の間では、結構人気が高いのかもしれない。昼休みのオフィスで密かに女子社員で行なわれる「社内版、寝てみたい男」のランキングで上位に選ばれている可能性もないとは言えない。考えてみれば、信之は萌と付き合っていたのだ。何かと口うるさい萌のお眼鏡に適ったのだから、信之はもともと女にモテるかっこいい男なのだ。

急に、信之が価値ある存在に見えてきた。

「信くん」

るり子はずるずるとソファによじ登り、信之の体にぴたりとくっついた。

「ん？」

「せっかくのお天気だから」

「いいよ、いいよ、どこにでも連れて行ってあげる」

「それより、ねえ、しない？」

ここのところずっと「その気にならないの」と言って背を向けてきたことを思い出して、るり子は言った。

「えっ？」

信之は一瞬、訳のわからない顔をして、それから目を見開いた。

「ここで？」

「いや？」

「まさか。でも、明るいよ」

「たまにはね」

信之はくるりと体を返して、るり子を下にした。

たっぷりキスをしながら、シャツの下に手を入れてブラジャーのホックをはずす。大きな手が、るり子の乳房をすっぽりと包む。乳首がつんと尖る。

「あのさ」

「うん」

「あそこ、見ていい？」

「ん……ちょっとだけなら」

今日は許してあげよう。

信之はすっかり興奮して、るり子のショーツを脱がせにかかった。


週が明けて、銀座に買物に出た。

るり子は銀座が大好きだ。渋谷や新宿も悪くないけれど、とにかく子供が多すぎる。ファッションもメイクも、際物《きわもの》か冗談としか思えないようなのばかり。その点、銀座は大人の街だ。特に並木通りには、有名ブランドのブティックがずらりと並んでいる。

前々からバッグを欲しいと思っていた。信之にねだったら、即座にOKしてくれた。罪滅ぼしのつもりなのだろう。それくらいのことでバッグを買ってもらえるのなら、何度デートしてくれてもいい。

バッグはカタログでいくつかチェックを入れてある。ブティックを回って、実物を見比べてから買うつもりだった。

るり子は流行が大好きだ。流行のものを黙って見過ごすなんて、絶対にできない。

同じマンションの斜め下に住む同い年くらいの、本当かどうかは知らないがかつて国際線スチュワーデスだったという主婦は、るり子の持っているブランドのバッグや靴を眺めて、よくこう言う。

「私はね、流行は追わないの。どうしてみんなが持ってるものを欲しがるのか、理解できないわ。それって、日本人特有なのよね。『売れてますよ』と言われたら、じゃあ私もって気になるの。フランス人は違うわ。『これ、誰も持ってないんです』って言った方が売れるのよ」

と、皮肉たっぷりに言われて、るり子は思わずにっこりほほ笑んだ。

「あらぁ、奥さん、フランス人だったんですか。ちっとも気がつかなかったわ」

みんなが持っているから買うのと、みんなが持ってないという理由で買うのと、いったいどこが違うのだろう。

るり子にしたらどっちも同じだ。みんなが持ってるものは、当然、欲しい。みんなが持ってないものはもっと欲しい。

自分の物欲は、たぶん、どの欲にも勝るとるり子は思う。食べるものなら、我慢できる。ダイエットだと思えば、少しも苦にならない。寝るのを減らすのも平気だ。独身の頃は、毎晩のように遊び歩いて、明け方に家に帰ってシャワーを浴びてそのまま出社、なんてこともしょっちゅうやった。最近は寝不足が続くと目の下にクマが出たりするから、少しは気をつけるようになったが、睡眠時間を削れば、欲しい服やバッグやジュエリーを手に入れられるなら、寝なくてもいい。ましてや、性欲なんて、ずっとずっと後ろになる。

欲しいものがある時、るり子はいつも元気でいられる。そのことで頭がいっぱいで、他のことは何も考えなくなる。

ねえ、欲しいものがあるの。

もし、このセリフが言えなくなってしまったら、もしくは、まったく効力をなくしてしまったら、と考えると、身震いしてしまいそうになる。絶対になれないものに、無欲の人間がある。そんなのになったら、自分は死んだも同然だ。

とにもかくにもバッグだ。四丁目の通りを二往復して、るり子はようやくどれにするか決めた。もちろん、今いちばん流行っているあれである。


家に帰って、鏡の前で、バッグに合わせて洋服をとっかえひっかえしていると、電話が鳴った。

「もしもし、室野さんのお宅ですか?」

若い女の声だ。よくあるセールスの電話だと思い、るり子は素っ気ない返事をした。

「そうですけど」

「奥さんですか?」

「おたく、どちらさま?」

「山下エリって言います」

相手はフルネームで名乗った。セールスではないらしいことはわかった。けれど、聞き覚えはない。誰だったろう。

「この間、あなたのご主人とタイ料理を食べに行った山下エリです」

「あら」

びっくりした。

「ちょっと、お話ししたいことがあるんですけど、会えませんか？」

「もちろん、いいわよ。いつ？」

るり子が、まるで女友達と会うような明るさで言ったので、受話器の向こうで山下エリが少し面食らっているみたいだった。

「できたら、今から」

「いいわ。待ち合わせはどこにする？」

「えっと、私はどこでも」

「じゃあ、西麻布はどう？」

「はい」

「あの辺りにシフォンケーキのおいしい店があるの。そこにしましょう」

るり子は店の場所を説明した。

「オープンカフェになってるからすぐわかるわ。四時ね、それでいい？」

「はい」

相手は圧倒されたように承諾した。

電話を切って、ものすごく張り切っている自分を感じた。

こんなわくわくした感覚は久しぶりだった。女の修羅場みたいな情況から離れてずいぶんたつ。最近、伸びきったゴムみたいな毎日だなと退屈していたところだった。そこに妻と愛人の対決といった、とてもわかりやすい刺激である。これが張り切らずにいられるわけがない。

ちょうどバッグも買ってきた。ひとりファッションショーをやっていたので、服もきまっている。すぐにでも出掛けられる。

けれども、まずはホットカーラーのスイッチを入れた。人妻には緩やかなウェーブがかかったレイヤーがふさわしい。山下エリは渋谷のセンター街を歩いているようなコギャル系だった。ここで人妻の貫禄と大人の女の美貌を、一発ガツンと見せ付けておかなければならないだろう。

彼女も、こんな私を見て、きっとこう決心する。

ああ、こんな綺麗な人が奥さんならかなうはずない。

念入りにお化粧を直して、カーラーをはずした髪を手ぐしで整え、バッグを手にして、七センチのヒールのパンプスを履いた。玄関の鏡の前に立ち、るり子は惚れぼれと自分の姿を眺めた。完璧だった。完璧に、相手を圧倒する美しい人妻の完成である。るり子は心から満足した。


待ち合わせの喫茶店に行くと、山下エリはすでに座っていた。

二子玉川の時は、チラッと見ただけで顔に覚えはなかったが、パサついた茶髪と、品のないサンダルと、安っぽい豹柄のスカートですぐに彼女だとわかった。

「お待たせ」

声をかけると、山下エリが顔を上げた。

「あ、どうも」

「ここすぐわかった？」

「何とか」

「座っていいかしら」

「どうぞ」

るり子は腰を下ろし、足を揃えて右側に流した。ここはオープンカフェで、道往く人が、ちらちらと視線を送ってくる。見るのはまず足だ。緊張は緩められない。

エリは、ストレートな視線でるり子を眺めた。

「なにかしら？」

るり子は余裕の笑顔を作った。

「綺麗な人なんで、びっくりしちゃった」

「そう？」

結構、素直でいい子じゃない、と思う。

るり子はウェイターに、マーブルシフォンのケーキと、ミルクティをオーダーした。

「室野さんたら、言ってたことが全然違うんだから」

「夫は何て？」

「人前にはとても出せない女房だって」

思わずムッとした。けれども、男は女が理解に苦しむ言動をする生き物だ。妻を誉めるということがどうしてもできないタイプもいるだろう。まさか、信之がそうだとは今まで知らなかったが。

「夫は優しいから、たぶん、あなたに気を遣ってそんなことを言ったのね。でも、それを真に受けたりしないでね」

「真に受けるって？」

「つまり、妻の愚痴は形を変えたのろけだってことよ」

「ふうん」

まったく意味がわかってないようだった。この子の頭の中はどうなってるのだろう。想像力とか、推察力とかないのだろうか。毎日、柔らかいものばかり食べているから脳味噌が発達しないのだ。こんな子供にまともに話をしようとした方が無駄だったかもしれない。修羅場にもならない。何だか、意気込んで出てきたのが馬鹿馬鹿しくなってきた。

せめて、久しぶりに食べるシフォンケーキを楽しもうと、るり子は運ばれてきたそれにフォークを伸ばした。

「私、昨日、室野さんから、この間のことはなかったことにしてくれって言われたんです」

エリが言った。

「あら、そう」

やっぱりおいしい。ここのシフォンケーキは天下一品だ。

「奥さんに現場を見られて大変だったたって」

「別に大変じゃないけどね。私、そんなことでカリカリするほど小さくないから」

「先に言っておきますけど、今日、奥さんのこと呼び出したのは、誤解されたくなかったからなんです」

「誤解？」

るり子は顔を向けた。

「口説いてきたのは室野さんの方ですから。そこ、間違えないでください。私は別に何とも思ってないのに、室野さんがあんまりうるさくデートしようって言うから、仕方なく付き合ったんです。なのに、奥さん、きっと私が室野さんにしつこくしてるみたいに思ってるでしょう」

るり子はぼんやり山下エリの顔を眺めた。

「ほら、やっぱりそうだ。室野さんはどう言ってるか知らないけど、絶対に違いますから。だいたい室野さんって、モテるタイプの男じゃないでしょう。こう言ったら何だけど、二十年前の流行り顔っていうか、ギャグみたいで笑っちゃう。ああ、総務の四十過ぎのおばさんたちには人気があるみたいですけどね。とにかく、そういうことだから、誤解しないで欲しいんです」

るり子は気が抜けたように、エリの顔を眺めている。

「そう……」

「こういうの、わざわざ言うのもナニかなぁって思ったんですけど、私にも、いちおうプライドってものがありますから」

つまり、信之を好きだと思われるのは、その安っぽい服の下にあるプライドが許せないというわけか。

エリがコーヒーを飲み干した。

「さてと、言いたいことは言ったし、ケーキも食べたし、帰ります。ここ、ごちそうになっていいですよね。指定したの、そっちだし」

「いいわよ」

声がついぼそぼそした。

「それじゃ」

エリはグロスを塗りたくった唇で満足そうにほほ笑み、それからブーツのかかとをぽこぽこいわせて店を出て行った。

るり子はしばらくぼんやりした。

所詮、二十年前の流行り顔。若い女の子に相手にされないダサい男。人気があるのは総務のおばさんばかり。

猛烈に腹が立ってきた。あんな頭の悪いガキに思いっきり恥をかかされてしまった。

もともと、信之は萌と付き合っていた。だからこそ信用して、頑張ってこっちに気を向かせ、結婚までこぎつけたのだ。なのに、どうだ。あんなガキに笑い者にされるような男だった。これでは萌にバッタ物をつかまされたようなものではないか。

るり子は勢いよく、椅子から立ち上がった。

皿の上で、シフォンケーキがころんと引っ繰り返った。

もちろん、家に帰る気なんかさらさらなかった。とにかく萌を追求し、抗議をしなければ気が済まなかった。

9

「呆れて、ものも言えないわ」

タクシーの中で、萌はため息をついた。

「たまたま募集の貼り紙を見つけたんだ。ちょうどいいと思ってさ」

崇は悪びれる様子もない。

「それにしたって、あんな所でバイトしようなんて、いったい何を考えてるのよ」

「あんな所って言うのは、ちょっと問題発言なんじゃないの？　職業に貴賤はないって言うだろ」

生意気な口調に腹が立つ。

「職業のことを言ってるんじゃないわ。君、自分がいくつだと思ってるの。十五でしょう、少年法に引っ掛かったらどうするのよ」

「うまくやるよ。どこに行っても十八で通るよ」

崇がアクビをして、シートに深くもたれかかった。

「わかってないわね。もし警察にでもバレて、あの店が営業停止にでもなったら、どう責任取るつもりなのかって言ってるの」

崇はふと顔を上げ、しばらくぼんやりし、それから肩を落とした。

「そうか。そんなこと、考えてもみなかった」

萌は息を吐き出した。

「だから、ガキだって言うの」

確かにガキだ。まだ十五歳だ。こんな子供を相手に声を張り上げている自分がいやになる。

「それで、るり子のマンション出てからこの一週間、どうしてたの」

「とりあえず、友達のとこに行ったんだけど、親父から連絡がいってるみたいで、長居できなくてさ。後は、公園で野宿したり、そこで知り合ったホームレスのおじさんとこに泊めてもらったり」

「信じられない」

萌は再び息を吐く。

「そのおじさんに、新宿二丁目に行くと、いいバイトがたくさんあるって聞いたもんだから」

「そこがどういうところか、知らなかったわけじゃないでしょう」

「まあ、だいたいは」

「そういうのなの、君は？」

「いや、それは、全然ない」

崇は慌てて首を振った。

「お金のために、そういう手段で稼ごうって、その根性が情けない」

きつく言うと、崇はうなだれた。

「悪かったよ」

「君はもっとしっかりしてる男の子だと思ってたのにがっかりだわ。これで十分でしょう。家出がどんなに大変なものかわかったでしょう」

崇が上目遣いで顔を向けた。

「帰れって言ってるの？」

「もちろん」

「あんな家に？　僕を襲うあんなおばさんがいる家に？」

それを言われると、ちょっとつらい。

「そうかもしれないけど、父親とよく話し合って、何とかしてもらうことはできないの？」

「話し合いも何も、父親はほとんど家にいないいんだ。一緒に飯を食ったことなんて、僕の十歳の誕生日以来ないいんだから」

胸がちくりとした。

「でも、友達のところに連絡を入れてるってことは、心配してるってことでしょう。帰ったら、きっとちゃんと話を聞いてくれるわよ」

「世間体が悪いだけさ、心配とは違う」

そのセリフは好きじゃない。

「君もそこらの家出少年と同じようなこと言うのね」

「おたくは、俺の親父を知らないからな」

「何もかも親のせいにするつもりなの？　本当に君は自分が何も悪くないと思ってるの？」

崇の表情が堅くなった。

「じゃあ聞くけど、僕に家出以外の何ができるって言うのさ。おたくも言うわけ？　言いたいことがあるならちゃんと自分で稼いでから言えって。すねかじりは黙って親の言うこと聞いてろって。それって、まさに大人の発想だよ。おたくの視点は親父そのものだよ」

萌は黙る。そして気がつく。

本当にそうだ。崇の言う通りだ。あんなに大人に反発していた頃もあったのに、いつの間にか自分が大人になっている。そんなエラそうなことを、年上であるということだけをたてにして、正当化しようとしている。

「いいよ、わかったよ」

崇は足元に置いていたザックに手を伸ばした。

「何なの？」

「降りる」

「帰るってこと？」

「まさか」

「じゃあ、どうするのよ」

「何とかなるさ。知り合ったホームレスのおじさんもいるし。あの辺に行けば、また泊めてもらえるだろう。大丈夫、今度はちゃんとしたアルバイトを探すよ」

アルバイトと言ったって、家出中の少年にちゃんとしたものなんてあるだろうか。もしあったとしても、その報酬だけで、食べて眠る場所を確保するのは大変だ。

「運転手さん、止めてください」

崇の声に、タクシーがウィンカーをつけて、道路の左側に寄る。萌は慌てて言った。

「すみません、いいんです、このまま行ってください」

それから、崇の顔を見ないようにして言った。

「とにかく、今夜は」

言いながら、やりきれない気持ちになっていた。どうして、黙っていられないのだろう。黙っていれば、崇はタクシーを降りてどこかに行く。あの店で会った時も、知らんぷりしてしまえばよかったのだ。それで冷たいと言われようと、薄情と恨まれようと、いいではないか。崇とは何の関係もない。ちょっとしたきっかけで知り合っただけだ。赤の他人だ。

「うちに泊まっていけば」

言ってしまってから、ため息が出た。

「ほんと！」

崇はうって変わったようにはしゃいだ声を上げた。


部屋の前に、ふてくされたるり子が待っていた。

「ちょっと、何なのよ、こんな遅くまで。それも崇くんも一緒なんて、どういうことよ」

るり子はすっかり酔っ払っている。

「あんまり遅いから、つい駅前のパブで飲んじゃったじゃないの」

「何で急に来るわけ？」

「携帯に何回も掛けたわよ。つながるわけないわよね。部屋の中で呼び出し音が鳴ってるんだから」

萌は鍵を開ける。

「仕事を辞めてから、携帯電話持って出るの、すぐ忘れるのよ」

萌は鍵を開け部屋に入った。当然のことながら、るり子と崇が後からついてくる。

「崇くん、萌のところにいるならいるで、言ってくれればいいのに。水くさいんだから。心配してたのよ」

「さっき、偶然会ったんだ」

「また、そんな見えすいた嘘を」

「本当だってば。僕もびっくりしたんだから」

「どこで会ったの？」

「新宿」

「新宿のどこ？」

「ねえ、何か食うもんない？」

崇がキッチンに入って行った。

「好きに探して何でも食べれば」

萌はソファに倒れこんだ。

「私も、おなかすいちゃったわ」

ふたりは、冷蔵庫や棚の扉を片っ端から開けている。

戸棚の中にカップ焼きそばと食パンを見つけたらしく、ふたりは湯を沸かすやら、トースターにセットするやら、楽しそうに騒いでいる。

「萌、コーヒー、飲む？」

「うん」

「じゃあ、入れてあげる」

萌はようやくソファから起き上がった。

テーブルを三人で囲んで、顔を合わせた。焼きそばを食べながら崇は満足そうにげっぷをした。

「ここ二日ほど、金もなくなって、まともなものを食ってなかったんだ」

「前歯に青海苔がくっついているわよ」

「おっと」

萌はるり子に顔を向けた。

「それで、あんたは何の用？　こんなに遅く」

「信くんのことよ」

るり子が左手に持つトーストを齧り、右手に持つカップに息を吹き掛けた。使っているカップは、萌が持っている中でいちばん高いやつをちゃっかり使っている。

「ダンナがどうかしたの？」

「どうもこうも、浮気してるの」

「えっ」

思わず、コーヒーが気管に入りむせそうになった。

「今日、その相手の女に呼び出されたのよ。それが、ひどい女なの。若い以外何の取り柄もない単なるバカよ」

崇がテーブルに肘をついて尋ねた。

「それって、いぬたまの帰りに見た、あの女？」

「そう」

「浮気ぐらい平気だって、言ってたじゃないか」

「もちろん平気よ。でも、女によるわ。その女が、泣いて、信くんが好きとか、別れてください、とか言うならわかるわよ。それが、信くんにしつこくデートにさそわれたから仕方なく付き合ったって、こう言うのよ、まったく、頭にくるわ」

言いながら、るり子はトーストを齧る。歯形がくっきりと残る。

「その上、信くんは二十年前の流行り顔で、四十過ぎの総務のおばさんには人気があるとか、言いたい放題言われたんだから」

萌は吹き出した。

「何で笑うのよ」

るり子が非難の目を向けた。

「ごめん、事情はわかったわ。そう、ひどいことになっちゃったのね。でも、だからって、何で私のところに来るわけ」

「決まってるでしょう。あんな信くんみたいな男を紹介した、萌に文句を言おうと思って来たの」

「ちょっと待ってよ」

萌は思わず声を高めた。

「ねえ、崇くん、萌ったらひどいでしょう。親友の私に、そんな男を押しつけるなんて」

るり子は崇の同意を求めるように言った。

萌はそれを遮った。

「私、紹介も押しつけもしてないじゃない。私と信之がいるところに、るり子が勝手に現われて、勝手に電話番号聞き出して、勝手に付き合い始めたんじゃない。この際だから言わせてもらうけど、少なくとも、あの時、信之は私と付き合ってたのよ。それを横から取ったの、るり子じゃない」

るり子が口を尖らした。

「違うわ、萌は最初から、私が取るのわかってたのよ。ううん、取らせようとしていたのよ。だから初対面の時も、すぐ三人で飲もう、なんて言ったんだわ。その時にはもう、信くんがイヤになってたのよ」

「よく言うわ。断ったって、あんたは絶対にくっついて来るじゃないの。いつだって、そうじゃないの。だから無駄な抵抗はしないでおこうと思っただけよ」

「私は、萌のお古を摑まされたんだ。萌に騙されたんだ」

「ほんとに怒るわよ」

「何で萌が怒るわけ？　つらい思いをしているのは私なのよ。可哀相だとは思わないの？」

るり子得意の泣き真似が始まった。萌は肩で息をついた。

崇が頰杖をついたまま、呆れ顔で交互にふたりの顔を見比べている。

「で、私にどうしろって言うのよ」

萌が諦めたように言うと、予め用意してあったかのごとくるり子は答えた。

「ここに置いて」

「は？」

「しばらく家には帰らない。だから、ここに置いて」

「冗談やめてよ。１ＬＤＫしかないここにどうやって三人で暮らすっていうのよ」

「あら、崇くんも暮らすの？」

「うん」

崇が頷く。

「楽しそう」

「違う、暮らすんじゃないの。今夜だけ泊めてあげるの」

「いいじゃない、この際三人で暮らしましょう」

「そういうおぞましいこと、勝手に決めないでくれる？　だいたい、無職になってここの家賃をどう払おうかさえ困ってるんだから」

「えっ、会社首になったの？」

崇が目を丸くした。

「首じゃないわよ、依願退職」

「何それ？」

「自分で望んで退職したってこと」

「へえ……」

萌はふたりを見据えた。

「つまり、ここにいる三人とも無職ってことなのよ、それがどういうことか、わかるでしょう」

「どういうこと？」

「背水の陣っていうんだろ」

萌は頭が痛くなってきた。この能天気なふたりと、この深刻な事態をどう乗り越えてゆけばいいのだろう。

るり子がバッグを探って、ふたりの前にカードを一枚差し出した。

「当面は心配いらないわ、私、コレ持ってるから」

キャッシュカードだ。

「これで、信くんのお給料は全部引き出せるわ。それも、何と、給料日は明日」

「やった！」

崇が呑気に喜んでいる。

「そんなこと、できるわけないじゃない」

萌は首を振った。

「いいわよ、これくらい。浮気の代償としては安いもんだわ。もし、私が離婚訴訟なんて起こしたら、大変な金額が必要になるじゃない。それこそ慰謝料だ、財産分与だって」

萌はため息とともに言った。

「とっとと家に帰れば」

「何でそんな冷たいこと言うわけ。私には萌しかいないのよ。お願いよ、ここに置いてよ」

萌は黙る。今度こそ黙って、知らん顔する。この調子で、どれほどるり子の面倒に巻き込まれてきたか。前の二回の離婚の時も、転がり込まれて、夫たちにどれほど恨まれたか。

「ね、私たち親友でしょう、ここに置いてよ」

それでも萌は黙る。何も答えないと決めている。

「いいじゃないか、るり子さんも置いてあげれば」

崇がるり子に同情的な発言をする。居候に言われたくない。当然、それも聞こえない振りをする。

「じゃあ萌、私、行くわ。本当に行っちゃうわ。私、酔っ払ってるし、綺麗だし、もしかしたら変なのに襲われるかもしれないけど、もしそうなったとしても、心配しないで、萌を恨んだりしないから」

玄関に行って、わざとらしく、ハイヒールを倒したりしている。かちゃりとドアの開く音がした。

その時、萌の口が勝手に動いていた。

「一晩だけよ」

それを聞いたとたん、るり子が猛スピードで部屋の中まで戻って来た。

「今のほんとね」

「好きにすれば」

「やっぱり萌は親友だわ」

萌は頭を抱えていた。


ソファから崇の呑気な寝息が聞こえている。

萌のベッドの隣では、るり子が幸せそうに眠っている。

萌は目が冴えて、天井を眺めている。

中学の頃、クラスメートから「萌はお人好しだから」と言われたことがある。お人好し、というのを、おめでたいことに、ずっと褒め言葉だと思っていた。善と悪なら、善の方。意地悪と優しいなら、優しい方。でも、馬鹿と賢いだったら、絶対、馬鹿の方だ。

何回もやって失敗して、もう絶対にしないと決めているのに、やっぱりやってしまうことがある。

口火を切る、というやつだ。

困ったことが起きた時、誰もが黙る。そんな時いつも思う。ここで口火を切ったら面倒な役回りを押しつけられる。だから、黙っていよう、知らん顔していよう、誰かが何か言い出すまで待っていよう、と堅く決心して、だんまりを通そうとする。けれども、たいていの場合、その沈黙に耐えかねて、つい言葉を発してしまう。

その発した言葉が何であれ、結局はこういうことになる。

「わかったわよ、私が幹事を引き受ければいいのね」

「仕方ないわ、課長に抗議してくるから」

「じゃあ、彼にあなたの気持ちを伝えてあげる」

そうして面倒に巻き込まれる。

沈黙に耐えられる女は、最後にこう言ってにっこりほほ笑む。

「やっぱり萌だわ」


翌日は、だらだら過ごした。

ひとりのだらだらもひどいが、三人のだらだらとなると相当のものだ。

萌は住む場所を、るり子はお金を出すわけだから、崇には労働を提供することを提案した。崇はいくらか不満を口にしたが、自分の立場を考えて、しぶしぶ承知した。

だからもちろん、朝食は崇が作った。昼食はコンビニに買出しに出掛けた。夕食は焼肉を食べることになった。駅前でるり子の、いや、信之のキャッシュカードでお金を下ろした。久しぶりのカルビと石焼きビビンバは、ものすごくおいしかった。

「聞いてもいい？」

だらだらと帰り道を歩きながら、崇が尋ねた。

「ダメ」

即座に、萌は答えた。

「ゆうべ、一緒にいた男、恋人？」

どうせ聞くなら、尋ねるなと思う。

「どうでもいいでしょ」

当然のことながら、るり子が口を挟んだ。

「あら、萌、ゆうべ柿崎さんと一緒だったの」

「たまたまね」

「あの人、あんなところに置いてきぼりにされて、怒ってないかな」

「大人だから、彼は」

「ふうん」

「あんなところって、どこ？」

「新宿二丁目のゲイバーだよ」

聞いたとたん、るり子は目を輝かせた。

「ゲイバー！」

「うん」

「ねえ、せっかくお金もあるんだし、今からそこに行って遊びましょうよ」

10

正直なところ、新宿は苦手だった。

デートや食事や飲みにいく時は、つい六本木や西麻布や青山といった場所に足が向いてしまう。どうして苦手なのか、るり子はわかっていた。新宿は本音の街だからだ。ここでは、嘘は、お酒が飲めないのと同じくらい退屈なことだ。言っておくが、その嘘というのは、経歴とか職業とか、そういうものをごまかすことじゃない。そんな嘘は、どれだけついても構わない。そんなものを全部取り払った、そのままの自分をさらけだすという意味だ。その心意気がないと、新宿は楽しめない。

けれども、前々からゲイバーには興味を持っていた。観光化しているショーパブのようなところになら何度か行ったことはあるが、新宿二丁目となれば、本気のゲイの街だ。

『キッチュ』という店のマスターの文ちゃんは、柿崎の同級生だという。柿崎にそんな知り合いがいたなんて全然知らなかった。萌も崇も行ったというのに、自分だけ知らないのは悔しい。絶対、行きたい。

「行こうよ、行こうよ」

あまり気乗りのしないふたりを強引に引っ張って、るり子はタクシーを止めた。

靖国通りの厚生年金会館の少し手前で降り、横断歩道を渡って何でもない筋に入ると、急に女性の姿が見えなくなった。とにかく、どこを見ても男ばかりだ。ここが噂の二丁目だ。

想像通りの、いかにもゲイって男もいるが、若くて可愛い男の子もたくさんたむろしている。格好だって今時の男の子と何ら変わりなく、中には、ちょっと目を奪われてしまうような美少年もいる。

ここにいる男たちは、本当に、女の子よりも男が好きなんだろうか。

それを思うと、もったいなくてため息が出てしまいそうだ。恋愛の趣味について、他人がとやかく言うことはできないが、つい彼らを捕まえて尋ねてみたくなる。

世の中には、私みたいないい女がいるっていうのに、ねえ、本当にキスしたいとも、おっぱいを触りたいとも、セックスしたいとも思わないの？　この私を見ても、パンツの中はぴくりとも動かないの？

実際、六本木や西麻布で感じられる視線がここではまったく感じられない。繁華街と呼ばれる所ならどこに行っても、男たちの露骨なナンパ光線が向けられるというのに、それがここでは、本当に、まったく、どこからもないのだった。どころか、彼らには、るり子という存在すら目に入らないらしい。

「まったく、どうなってるのよ」

と、口でぶつぶつ言いながらも、るり子はふと、どこかでホッとしている自分に気づいて、ちょっと不思議な気分になった。

男たちに見られるのは大好きだし、見られなくなったら女も終わりと思っているのは確かだが、いつも見られる女でいなければならないというのもこれで結構疲れる。

ちゃちな女ならどうでもいいだろうが、るり子にそれは許されない。たとえばマニキュアが剝げていても、普通の女なら「彼女ならさもありなん」で終わるだろうが、るり子がそうだと「るり子さんともあろう女性が」と、失望の度合いも深くなる。

るり子はいつも思っている。自分はシルバーではなくプラチナが、コットンではなくシルクが、ショートカットではなくロングの巻き髪が、居酒屋ではなくレストランが似合う女でなければならない。

もちろん、それらは強制されなくても大好きだが、たまにはるり子もシルバーが欲しいし、コットンをつけたいし、ショートカットにしたくなるし、居酒屋にも行きたい。いい女であることは、甘い汁もいっぱい吸えると同時に、気苦労も多いのである。

「ここよ」

萌が言って、ドアを押した。次に崇が入り、るり子と続いた。

「いらっしゃぁい」

と、中から甘えた男の声がした。彼は三人の顔を見ると、急に無愛想になった。

「なんだ、あんたたち」

どうやら、彼がマスターの文ちゃんらしい。想像していたより、ずっと太っていて、見た目も男そのものだ。

「何しに来たのよ」

そんな文ちゃんが、容姿と似ても似つかぬおねえ言葉で言うので、るり子はすっかり楽しくなった。

三人はカウンターに座った。

「飲みに来たの。いいんでしょ？　女が来ても」

萌が答える。

「ま、金さえ払ってくれるならね」

「私、水割り」

「僕も」

崇が言うと、即座に萌が釘をさした。

「ダメ、君はウーロン茶」

崇が不満そうに口を膨らませている。

「私は、マッカラン12年もの、ロックでね」

るり子がちょっと気取って言うと、文ちゃんが、値踏みするような目を向けた。

「あんたさ、もしかして」

文ちゃんがウイスキーをグラスに注ぎながら、るり子に言った。

「オカマ？」

隣で、萌と崇が吹き出した。

「違うわよ」

るり子は唇を尖らせて抗議した。

「あら、そう。あんたみたいなオカマ、この辺にいっぱいいるのよね」

やがて、それぞれにグラスが差し出された。

「あれから、柿崎さん、どうした？」

萌が尋ねた。

「しばらく飲んで、帰ったわ」

「そう」

「あんたのこと、怒ってたわよ」

「ほんとに？」

「そりゃそうでしょ。せっかく飲みに連れて来てやったのに、突然入ってきた男の子とどっか行っちゃうなんて、誰でも怒るわよ。それで、あんたたちはどういう関係？」

萌はしばらく考え込んだ。

「まあ、親戚の子みたいなものかな」

「何よ、みたいなものっていうのは」

「親戚の子」

「ほんとなの？」

文ちゃんが疑わしい目を崇に注いだ。

「そう、この人は僕の父親の妹の息子の奥さんの妹」

崇がわけのわからないことを言って、調子を合わせた。

「ふうん。まあ、それならそれでいいけど、それであんた、うちで働かない？　若いし、可愛いし、きっとあんた目当ての客が増えるわ。結構、いいバイト料出すわよ」

「それが」

崇がぺこりと頭を下げた。

「すみません、実は僕、十五なんです」

「えっ？」

文ちゃんはぽかんとした。

「ほんとに？」

「どうしても金が欲しかったものだから、つい十八だって嘘ついちゃって」

文ちゃんが思わずため息をつく。

「まったく、最近のガキには呆れるわ。そんなの雇って、うちが営業停止にでもなったらどうしてくれるのよ。おお、こわ。で、学校には行ってないの？」

「ええ、ちょっといろいろあって今は休んでるんです」

「義務教育は終わってるんだから、好きにすればいいけど。そう、残念、十五とはね。あと二年適当に働いて、十八になったらまたここにいらっしゃいよ。いいバイト料だけじゃなく、いい男にもしてあげるから」

文ちゃんは、妙に色っぽい目をした。

「あの、今の僕でもやれるようなバイト、ありませんか？」

崇が殊勝な顔つきで言った。

「あら、本気なの」

と言ってから、文ちゃんは思い出したように萌を振り向いて、付け加えた。

「そう言えば、あんたも会社を辞めたって言ってなかった？」

「よく覚えてるのね」

萌が水割りのグラスを口に運んだ。

「ふうん、親戚同士で無職ってわけね」

「あ、私も」

るり子が手を挙げた。文ちゃんが目を丸くした。

「私は無職っていうより、家出した人妻なんだけどね。ゆうべから萌のところに居候してるの」

「どうでもいいけど、三人とも無職なんて、ここのお勘定は大丈夫でしょうね」

「それは何とか。でも、ねえ、本当にどこかにいいバイトない？　紹介してよ」

るり子の言葉に、文ちゃんは興味なさそうにそっぽを向いた。

「そんなの知らないわよ。何で私が、昨日今日の客のあんたたちのために、バイトの面倒を見なくちゃいけないのよ」

るり子がマッカランを飲み干した。

「ねえ、文ちゃんって、柿崎さんの同級生なんですってね」

るり子はタクシーの中で萌から仕入れた情報を口にした。

「そうだけど」

「私、柿崎さんのこと、よおく知ってるわ」

文ちゃんの目がきらりと光る。

「よおくって、どういう意味よ」

「だから、よおくよ。前に同じところに勤めていたの。萌に紹介したのもこの私」

「あっそ」

素っ気なく答えたものの、文ちゃんは新たなライバル出現に動揺しているようだ。萌が言った通り、文ちゃんは柿崎に本気で惚れているらしい。

「じゃあ柿崎さんに頼もうかな。柿崎さん、優しいし、親切だし、きっと親身になって相談に乗ってくれるわ。今度、飲みに連れてってなんて、甘えちゃおうかなぁ」

文ちゃんは、痛いところをつかれたみたいに顔をしかめた。それからしばらく考え込むような顔をし、「ちょっと待ってて」と言って、レジの近くにある電話を掛けに行った。どうやら本気でバイト先を当たってくれるらしい。

萌がるり子を肘でつっついた。

「ちょっと、まずいんじゃないの。親しいわけでもないのに、そんなこと文ちゃんに頼むなんて。だいいち、まともな仕事があるとはとても思えない」

萌の言葉に、るり子はあっさりと答えた。

「イヤなら断ればいいだけのことでしょう」

「だって悪いじゃない」

「悪くなんてないわよ。迷惑なんて、お互いにかけあってナンボのもんなの」

「呆れた、るり子からそんなセリフを聞こうとはね」

「とにかく、探してくれるって言うんなら、聞くだけでも聞いてみようよ」

五分ほどして、文ちゃんが戻って来た。早速、崇の前に身を乗り出した。

「私の知ってるラーメン屋で、昼間、雑用のバイトを探してるんだけど、やる気ある？」

「雑用って？」

「掃除とか、仕込みの手伝いをするの」

崇はしばらく考えるように黙り込み、ゆっくり顔を上げた。

「そこ、昼飯、出る？」

文ちゃんがにっこりと笑った。

「もちろん。チャーシューが最高においしいの」

「やる」

崇は言った。チャーシューで釣られるなんて、本当にいいとこのおぼっちゃまなんだろうか。

「それから、あんたは本屋ね」

「えっ、私？」

萌が自分の顔を指差した。

「そう。ここのすぐ近所にあるんだけど、前に働いてた奴が、客とデキちゃって、売上金持って逃げたのよ。ゲイ誌専門でさ、店の中でいちゃつくわ、好きな男にはタダで渡すわ、色々と大変らしくて、今度はその趣味のない子を入れたいって言ってたから、ちょうどいいわ」

萌は首を横に振った。

「悪いけど、遠慮しとく。ゲイ誌専門なんて勘弁してよ」

文ちゃんが憮然とした顔を向けた。

「あんた、ゲイに偏見持ってるの？」

「そんなことないわよ」

「いや、持ってる。だからイヤだって言うんだわ」

「違うってば」

「だったら、素直に行きなさいよ。人が親切に言ってやってるんだから」

「そうよ、萌。いいじゃない、行きなさいよ。今は贅沢言ってる場合じゃないのよ」

「るり子、あんたね」

「家賃の支払いあるんでしょ。電気代に電話代にガス水道代、健康保険に年金。どうするのよ」

萌はしばらく黙ったままだったが、やがては観念したように頷いた。

「じゃ、しばらくの間」

「で、私は？」

るり子は文ちゃんに尋ねた。

「あんたは、レズバー」

るり子はきょとんとした。

「へっ？」

「おなべバーじゃないから、そのままの格好でいいわ」

「ちょっと待ってよ。おかまバーなら、まだわかるわ。男が相手だもの。どうしてレズバーなの、どうしてこの私が女を相手にしなきゃいけないの」

「あんたみたいな女は、一度、女の中でちゃんと揉まれなきゃ目が覚めないのよ」

萌と崇が隣で吹き出した。

「いやならいいわよ、別に無理強いするつもりはないんだから」

「ふん、失礼な奴。人を見る目が全然ないんだから。もう、いいわ、私はお断り」

「勝手にすれば」

るり子はグラスの氷をからからいわせて、文ちゃんではないもうひとりの男の子に「同じもの、ダブルで」と、差し出した。


せっかく気持ちよく寝ているというのに、朝っぱらから崇に起こされた。

「るり子さん、起きろよ」

「やだ、もうちょっと寝かせて」

るり子は布団の中に潜り込んで、くぐもった声で答えた。昨夜、文ちゃんのところでしこたま飲んで、すっかり二日酔いだ。

「起きろって、ダンナが来てるんだよ」

「えっ」

布団の中で、るり子は目を見開いた。

「いないって言って」

「もういるって言った」

「じゃあ、死んだって」

「あのさ、断るならそう自分で言えよ。僕は知らないよ」

「うるさいなぁ、るり子、早く行きなさいよ」

萌に、布団の中で足を蹴られて、るり子は仕方なく起き上がった。洗面所でちょっと顔と髪を直し、萌のカーディガンを羽織って玄関に向かった。ドアを開けると、最初に、目に染み渡るようなブルーの空が広がった。いい天気だ。

「るりちゃん」

そのブルーを背景にし、信之が泣きそうな顔をして立っていた。

「お願いだから、戻ってくれないか。エリと会ったことは聞いたよ。るりちゃんが怒るのも無理はない。ごめん、本当にごめん。僕、どうかしてたんだ。きっと何かがとり憑いたんだ。もう、絶対しないから。後悔してるから。エリにもきっぱり、そう宣言したから」

るり子は信之の顔を眺めた。もう数えきれないくらい見つめ、キスしてきた信之なのに、ふと、知らない誰かを見ているような気になった。

るり子は、どうしてこの人と結婚する気になったのか、それを思い出そうとした。

優しくて、まじめで、私をちゃんと愛し続けてくれると思ったからだ。幸せにしてくれると思ったからだ。

女は、男に幸せにされるべき生きものだと思っている。当然だ。女がにこにこ笑っていれば、男たちはそれで幸せになる。女が幸せでいることが、結局は男を幸せにする。だから女たちは美しく装い、意味ありげな笑みを浮かべ、甘い匂いを撒き散らして、自分を幸せにしてくれる男を探し求めている。

幸せになりたい。その思いはいつだってあるし、これからだって持ち続ける。

けれど、幸せにしてもらう、というのは、何て退屈なんだろう。

「信くん、会社は？」

「午前中の半休」

「ふうん」

「でも、一日休んでもいいんだ。このところ接待ゴルフが続いて、るりちゃんのことほっぽらかしていたから、これからふたりでランチにでも行こうか。ほら、南麻布に行きたいレストランがあるって言ってたろう」

るり子は信之から視線をはずし、空を仰いだ。のんびりと白い雲がブルーの空を泳いでいる。

「信くん」

「うん」

「別れようか」

信之が声を詰まらせた。

「そんな」

「あのね、私は確かに怒ってる。でも怒ってるのは、信くんとあの子が付き合ってたことじゃないの。あの子が信くんを馬鹿にするようなこと言った時、その信くんと結婚してる自分が情けないように思えたの。ね、私って、そういう女なのよ。そういう女である自分に怒ってるの。私の言ってること、わかる？」

「いや、全然」

「早い話何だか、何もかもイヤになっちゃったってこと」

信之はおろおろするばかりだ。

「るりちゃん、待ってよ。何だかよくわかんないけど、もっとちゃんと話し合おうよ。たぶん、時間が必要なんだ。確かにエリみたいな女が現われたら僕を信用できなくなるのは当然だと思う。だから、るりちゃんの気が済むまでここにいていいよ。僕はいつまでも待ってるから。それで話し合おう、何回でも、るりちゃんの気の済むまで話し合おう。だから、ね、別れるなんて言わないで。お願いだから」

ちっとも噛み合わない会話を交わしながら、結局、るり子はここでもうしばらく暮らすということで決着がついた。信之は肩を落としながらも、いくらかほっとしたように帰って行った。るり子自身も、すぐさま結論を出してしまおうというほど、堅い決心をつけているわけではなかった。

部屋に戻ると、萌と崇がコーヒーを飲んでいた。もちろん、崇がいれたコーヒーだ。

「私も飲みたい、ミルクのいっぱい入ったの」

労働提供係になった崇が、しぶしぶキッチンに立つ。

「るり子、自分のダンナに対してあれはないんじゃないの」

「聞いてたの？」

「聞こえたの、玄関のドア、開けっぱなしなんだもの」

崇がコーヒーを持って来た。るり子は受け取って、両手でカップを包み込んだ。

「あったかい」

「ねえ、彼のどこが不満なの？　るり子のこと、あんなに大切にしてくれてるじゃない」

「わかってる」

「わがままもいい加減にしないと、本当に大切な人、なくしちゃうよ」

「うん」

萌の言う通りだ。信之は、間違いなく、私を心から愛してくれている。けれど、愛される重さは、愛する重さと、一緒だとは限らない。

「萌」

「なに？」

言いたいことがあるような気がしたが、何を言えばいいのかるり子はわからなかった。

「もう少し寝る」

萌が息を吐いた。

「勝手にすれば。私たちは出掛けるから」

「どこ行くの？」

「昨日、文ちゃんに紹介してもらったでしょう。バイトよ」

「ああ」

のんびりとコーヒーを飲むるり子を尻目に、萌と崇は十五分後には部屋を出て行った。

これでゆっくり眠れると、るり子は再び布団の中に潜り込んだが、どれだけ目をつぶってももう眠りはやってこなかった。

11

紹介されたアルバイト先の本屋は、文ちゃんの店から歩いて五分ほどの場所にあった。

雑居ビルの一階で、間口は狭いが、覗くと結構奥行がある。一見した限りでは街中の小さな本屋と変わりはないが、当然のことながら、客は男ばかりだ。

萌は店の前でいったん立ち止まり、中をちらっと覗いてから、そのまま行き過ぎた。店からは独特の匂いがした。高校の頃、男子生徒だけのクラスというのがあったが、その教室と同じ匂いだ。体育準備室の匂いとも似ている。

思わず、考え込んだ。

昨日はその気になったものの、考えてみれば、バイトなら探せば他にもある。何も、こういう場所を敢えて選ばなければならないほど切羽詰まっているわけじゃない。せっかく紹介してくれた文ちゃんには申し訳ないが、パスさせてもらおう。自分にはとてもやれない。

決心して、背を向けたとたん、

「ちょっと、君」

との声があり、萌は足を止めて振り返った。男が立っている。

「もしかして文ちゃんから紹介されたバイトの子？」

「ええ……」

萌はぼんやりと答えた。

「待ってたんだ」

男がほほ笑んだ。萌は思わず頰が上気した。男がとてつもなく美しい男だったからだ。年は萌と同じくらいだろうか。顔立ちは東洋っぽいハーフで、背は高く、引き締まった身体をしている。涼しい目とか、意志の強そうな唇とか、鼻筋の通った鼻とか、こうして見ているとみんな彼のためにある形容詞のように思えた。

「さあ、入って」

パスと決めたはずなのに、男があまりに美しかったので、言われるまま、ついふらふらと後についいて店に入った。

「じゃ、店番を頼むね。僕は今から出掛けなくちゃならないんだ」

男はレジがあるカウンターに萌を押し込んで、代わりに棚の下からジャケットを取り出した。

「それだけですか」

「それだけって？」

「他に、説明は？」

「そんなのなくても、難しいことは何もないよ」

「でも」

「本にはみんな定価が書いてあるし、その数字をレジに打てば消費税も計算されるし、レシートも自動的に出てくる。新しい本が入荷したら、サインして受け取っておいてくれればいい。七時には代わりのバイトが来るから交替して上がっていいよ。トイレは向かいのコンビニのを使っていいことになってるから。というわけで、よろしく」

「あの」

「なに？」

「私、早坂萌って言います」

萌は頭を下げた。

男が笑う。十人のうち、八人はくらくらっとくるほほ笑みだ。その時、店の前の通りに車が止まった。黒のジャガーだ。スモークされたウィンドウが半分ほど開いて、中年の男が顔を出した。リョウが顔を向けて、手を振った。

「すぐ行くよ」

ジャガーの男はサングラスをしていたが、萌にはすぐにわかった。アクションで有名な俳優だ。この間も二時間サスペンスドラマに出ていた。確か美人女優と結婚していて、子供もいるはずだ。

リョウが弾んだ足取りで店を飛び出し、車に乗り込んでゆく。

萌はその様子を、通りに面したガラス窓越しに眺め、思わず長いため息をついた。

つまりそういうことなんだろうか。あのふたりはそういう関係なんだろうか。リョウはモデルみたいに美しく、黙っていても女の子が騒ぐだろう。あの俳優は、いつも男臭さをウリにして、結婚していても女性ファンが多い。なのに、ふたりはそうなんだろうか。そういうことをやったりするんだろうか。

「これ、お願いします」

ぼんやりしていると、目の前に本が差し出された。表紙に男のふんどし姿のイラストが描かれている。萌も知っている有名なホモセクシュアルの雑誌だ。それを手にしているのは、ごく普通の二十代のサラリーマンだ。

萌は慌てて、笑顔を浮かべた。

「いらっしゃいませ」

男は萌の顔など見ようともしない。萌は裏を返して定価を見た。レジの数字を押した。お金を受け取り、おつりを返した。袋に入れて、渡した。

「ありがとうございました」

男は黒い鞄に大事そうに本を入れ、店を出て行った。紺の三つボタンのスーツを着た、清潔で爽やかなサラリーマンだ。きっと会社のOLたちの人気投票では高い順位にいるに違いない。萌だって、同じ会社にいたら、きっと一票を投じただろう。

彼も、やっぱそうなのだろうか。女より、男が好きなのだろうか。

萌はカウンターの中にある丸椅子に腰を下ろした。レジからは、店の中が全部見渡せる。万引き防止のために、死角ができないよう天井には凸面鏡が取り付けられている。全部で十二、三人の客がいた。

客は、まだ十代とおぼしい男の子から、初老に近い男性まで、年齢層は広い。ひとりもいれば、カップルもいる。カップルの中にはしっかり手をつないでいる者もいる。熱心に立ち読みしている男もいれば、待ち合わせらしくそわそわしている男や、ナンパが目的なのかきょろきょろ他の客ばかり眺めている男もいる。男、男、とにかくみんな男だ。彼らのすべては女ではなくて男に恋をする。必要なのは女ではなく男だ。

何だか見ているうちに頭が痛くなってきた。

どうして男なんだろう。男のどこがいいんだろう。男同士で何が楽しいんだろう。いったい、彼らにとって、女というのはどういう存在なのだろう。

男と女、どっちが得か？

以前、会社の飲み会でそんな話題になったことがある。

大抵、男は女の方が、女は男の方が得だと言うという。

萌にしても、やはり男と答えるだろう。自分が女で得したことなど、何もなかったような気がする。

仕事をするようになってから、特にそれを感じるようになった。確かに、この世の中はまだまだ男社会で、不満や疑問に思うことは山ほどある。

女であることだけで、女は得するわけじゃない。美しく色っぽい女であること。そうじゃなければ、女なんてむしろ邪魔になるだけだ。

たぶん、るり子なんかいい例だ。彼女は百パーセント、自分の女の部分を活用している。すごいところは、それに少しも自尊心を傷つけられないということだ。更にすごいところは、そんな自分を周りの女たちに軽蔑されても、全然気にしないというところだ。

るり子は同じ質問にこう答えるだろう。

「女が得に決まってるじゃない。生まれ変わっても、私は絶対に女だわ。女でなきゃ、生きてる意味がない」

そう言えば、るり子を含めて女友達とフェミニズムに関しての話をした時、その中のひとりが、男女の不平等、またセクハラ問題などに関してかなり熱心に勉強をしているらしく、熱弁をふるった。萌としても興味がないわけではなく、それなりに耳を傾けていた。

当然と言えば当然だが、その中で、るり子だけがあからさまに退屈な顔をしていた。ずっとその調子なので、さすがに友人がそれを咎めた。

「るり子、あなたももう少し、こういった社会的なことにも興味を持つべきなんじゃないかしら」

するとるり子は、スリットの深く入ったスカートで、ゆっくりと足を組み替えて、事もなげに言った。

「フェミニズムを叫ぶ女って、ブスばかりなのよね」

友人は一瞬、惚《ほう》けたようにるり子を見つめ、やがて唇の端を震わせた。

「あなたみたいな、あなたみたいな女がいるから……」

「だから、何？」

「女性の立場がいつまでも向上しないのよ」

「立場を向上させる前に、あなたのファッションとか化粧とか、そういうのを向上させたら」

「私は……」

けれど、その後の言葉は続かず、彼女は席を立って行った。

その後ろ姿を眺めながら、るり子は心底、不思議そうな顔をした。

「私、何か変なこと言った？」

るり子はそんな女だ。

ここにいる男たちは、どこかるり子と似ているような気がする。美しい男ばかりでは決してないが、彼らは女のことなど少しも羨んでいない。男の方が得だと、男に生まれてよかったと、今度生まれる時も男でいたいと、迷いなく答えるに違いない。

萌だって本当は、女が得だ、女に生まれてよかったと、胸を張って言いたい。

その時、目の前に雑誌が差し出された。

表紙は男のヌード写真だ。男のヌードは嫌いじゃない。正直言えば、最近は顔より身体の方にうっとりしてしまうことがある。けれど、男の視線を対象にした男のヌードは、女が感じるものと全然違う。色っぽさというより、もっとストレートな性的匂いがする。

裏返して、値段を確かめた。薄い雑誌なのに、定価が千八百円もする。マニアックな雑誌は部数が少ないので高い。萌はレジに数字を打ち込んだ。

「消費税込みで千八百九十円です」

「あんたさ、客の顔、見ないの？」

聞き覚えのある声に萌は顔を上げた。文ちゃんが立っていた。

「なぁんだ」

「何よ、その言い方」

「私の働きぶりを偵察に来たの？　性格悪いわね」

「私は、女はすべて信用しないことにしてるのよ」

文ちゃんは赤いてかてか光る生地のシャツを着ている。前のボタンを四つ開けるのは主義らしい。耳たぶのピアスが揺れている。おじさんっぽいおばさんのようにも、おばさんっぽいおじさんのようにも見える。

「リョウは？」

「さあ」

「さあって、何よ」

「さっき車で迎えがあって出て行ったわ。行き先まではわかんない」

文ちゃんの目が光を放った。

「それって、もしかして黒のジャガー？」

文ちゃんの表情を見ていると、言ってはまずいような気になって、言葉を濁した。

「どうだったかな」

「まだあの男と付き合ってるのね。どうせおもちゃにされるだけなのに。ほんとにリョウったらバカなんだから」

　文ちゃんはそれを独り言のように呟いた。

「そうなの？」

「何が？」

「あんなに素敵な男の人でも、遊ばれちゃったりするの？」

「どこにでもタチの悪い奴はいるの。もちろん私たちの世界にもね」

「ふうん」

「ああ、これ」

　文ちゃんがマックの袋を差し出した。

「差し入れ」

「へえ、サンキュ」

「つり銭、ごまかすんじゃないわよ」

　最後に憎まれ口を叩きながら、文ちゃんは店を出て行った。結構、優しいところもあるらしい。

　店に客がいなくなった時、一周してみた。本棚には情報誌や写真集ばかりではなく、ゲイに関する小説や詩集やノンフィクション、論文なども並んでいて、ちょっと驚いた。あのリョウって人の趣味だろうか。

　午後も遅くになると、ちらほら学校帰りの高校生が入って来た。熱心にパートナー探しが載っている情報誌を読んでいる。恋愛は本人の自由と思いながら、やっぱりため息が漏れる。せめて、一回ぐらい女と付き合ってからにすればいいのに。それでもやっぱり男でなきゃ駄目だって言うなら仕方ないけれど。

とにかく、店に来るのはみんな男だ。その客の誰ひとりとして、萌に興味を抱かない。一瞬、困ったような表情を浮かべる男もいるが、後は無視だ。眼中にない。たとえ、ここで萌がすっ裸になったとしても、誰ひとり、見やしないだろう。

私は女よ。あんたたち、女を何だと思ってるのよ。

さすがにこの状況の中で、ひとりレジの前に座り続けているとぐったりした。

だから七時に交替のバイトがやって来て解放された時は、心底ホッとした。彼も当然のことながらホモセクシュアルらしく、客の何人かが彼の顔を見たとたん、萌の時とは打って変わったように親しげに声を掛けてきた。

「じゃ、お先に」

萌は少しでも早く、ここから遠ざかりたくて、カウンターの下からバッグを引っ張りだし、表に飛び出した。

足早に駅まで来た。女の姿を見てほっとした。女を見てほっとするなんて初めてだと、可笑しくなった。

改札を抜ける前、公衆電話が目に入った。少し迷って、近付いた。バッグからテレフォンカードを取り出し、受話器を上げる。今では指先がすっかりその番号を覚えていることを、ちょっと悔しく思った。

「もしもし」

聞こえてくる声を、とても懐かしく感じた。

「萌です」

「ああ」

「今から会えない？　新宿二丁目にいるの」

「いつも、急なんだね」

困ったように、彼は答える。

「都合が悪いならいいの、無理強いするつもりはないんだから」

「待てよ、待ち合わせの場所を考えただけさ。何が食べたい？」

「食べるのより」

「うん」

「したい」

「え？」

戸惑うような声。

「セックスしたい」

柿崎の慌てた返事があった。

「すぐ行くよ」


萌は左側が好きだ。

いつからそうなったかはわからないが、歩く時も、座る時も、寝る時も、いつも左側にポジションをとる。何も男の利き腕を自由にさせるためじゃない。もちろんそれは大切なことだけれど、たとえ男が左利きだったとしても、やっぱり左がいい。左というのは、右よりちょっと特別な気がする。秘密めいて、怪しい場所のような気がする。

右側に横たわる柿崎の肩に頭を乗せて、萌は手も足も巻き付けるようにしてくっついている。この姿勢は、あんまり格好いいものではないけれど、どこか安心する。抱き枕の要領だ。それに、生身の身体は温かい。柿崎の身体はとてもしなやかで、密着した肌が心地いい。

「聞いてもいい？」

柿崎が言った。

「うん」

萌はくぐもった声で答えた。遠くで、サイレンが鳴っている。

「何でこうなるの？」

「こうって？」

「だから、つまり、いきなりしたい、なんてさ」

「イヤだった？」

「そんなことはないけど、ここんとこ、会っても全然そんなのじゃなかったろう。びっくりしたよ」

「あなたなら、私が女であることを思い出させてくれそうな気がしたの」

「何かあった？」

「男ばかりに囲まれて、自分が女であることを忘れそうになったのは初めて」

柿崎が笑った。腹筋が柔らかく上下した。

「ああ、文ちゃんの紹介で、本屋のバイトを始めたんだ」

「そう、覚悟はしていたけど、一日でぐったりだわ」

「辞めればいいさ、無理することはない」

「そうするつもり」

「君のバイト先ぐらい、僕が何とかするよ」

「気にしないで」

「どうして」

「他人に紹介してもらうと、簡単に辞められないでしょう」

柿崎は黙った。それから、萌の手をはずしてベッドから抜け出し、落ちていたバスタオルを腰に巻いて、冷蔵庫から缶ビールを取り出した。

「どうかした？」

「いや、別に」

「私、何か気に障ること言った？」

萌は半分身体を起こし、シーツを胸まで引き上げた。

「何だかさ、よくわかんなくて」

「何が？」

「こういうの、初めてなんだ」

柿崎は壁ぎわのソファに腰を下ろし、ビールを口に運んだ。

「すべて君のペースで進んでる」

意味がわからず、萌はビールを飲む柿崎を眺めた。

「君が、僕からの誘いで出て来たことは一度もない、ということはわかってる？」

「そうだったかしら」

「僕が携帯に掛けてもたいてい留守電だし、メッセージを残してもまず返事はない。最近、君は携帯を使わなくなったろう。僕は、君の自宅の電話番号を知らない」

「教えてなかった？」

「ほら、それさえわからない。それでいて、突然、今日あいてる？って連絡してくる」

「わかったわ、やっぱり今日のこと怒ってるのね」

「違うよ。何て言うのかな、とにかく今までと全然違うんだ。女の子と付き合う時は、いつも自分のペースでやってきた。会う日もどこに行くかもみんな僕が決めてきた。けれど今、主導権は君にある。初めて会った時からそうだ。ホテルに行こうって、先に君が言った」

　萌は膝の上に肘を置き、頰杖した。

「何だか、それがどうにも割り切れない」

「男の自尊心の問題？」

「それもよくわからない」

「ねえ、もし、私があなたの連絡を毎日待ちわびているとしたら、嬉しい？」

「うーん」

「逆に鬱陶しくならない？」

「かもしれない」

「あなたが都合の悪い時は、断ってくれていいの。私は全然、傷ついたりしないわ。考えてみれば不倫にはぴったりの愛人よ」

　茶化すように萌は言った。もちろん、自分を愛人だなんて考えているわけではない。だからこそ、言えるセリフだった。けれど、そうじゃないならどういう関係なのかと聞かれても、ふさわしい答えは出てきそうになかった。

　柿崎が上目遣いで萌を見た。

「ところが、状況がちょっと変わったんだ」

「どうしたの？」

「不倫じゃなくなりそうだ」

「どういうこと？」

「妻が出て行った」

「えっ」

「ゆうべ、離婚したいって、置き手紙を残して」

　萌は半分口を開けたまま、柿崎を眺めた。

12

　家を出てから、半月がたとうとしていた。

そろそろバイトでもしなければ、と思いながら、るり子は毎日ぐーたらと暮らしていた。もともとぐーたらは大好きだから、信之の口座からお金が引き出せる間はこうしていようと考えていた。

信之からはちゃんと毎日、律儀に電話がかかってくる。それを拒否するほど、信之を嫌いになったわけではない。だからるり子もそれなりの態度で応対している。

電話の内容は他愛無いものだ。お天気の話とか、課長が異動になったとか、近くでボヤがあったとか、新しい靴下の入っている場所はどこかとか。そういったことを話していると、時々、遠距離恋愛をしている恋人同士のような気分になることがある。

電話で話しているのは楽しかったが、困るのは信之が「それでいつ帰る？」と言う時だ。るり子は急にとぼけた口調で、「いつかなぁ」と、他人《ひと》ごとのように答える。

正直言って、まだ帰る気にはなれなかった。けれどそれは、信之の浮気を怒っている、というよりも、萌と崇との生活が予想以上に快適だからだ。今まで暮らすなら絶対に男と決めていたが、色っぽい関係のない相手との生活も悪くないと思う。毎日、まるで修学旅行をしているような気分だ。

今日、天気のいいのに誘われて、自由が丘のマンションに帰った。

着のみ着のままで出て来たので、時折こうしてマンションに戻って着替えを持って出たり、化粧品を揃えたりしていた。もちろん、信之が会社に行って留守の間だ。

不思議なことに、帰るたび、部屋はだんだんときれいになっていた。フローリングの床が埃で白くなっていることも、洗濯機に洗濯物が溢れていることも、お風呂の湯槽に黒い線がついていることもなかった。トイレのタオルはいつも交換され、ガスレンジはぴかぴかで、ふきんは漂白されていた。

それを見るたび、るり子はまったく感心してしまう。

家事があまり好きではないるり子に、信之はそれを強要したことは一度もない。いつだって「るりちゃんの好きにすればいい」と言っていたので、掃除も炊事も洗濯も、一生懸命というより気の向いた時にやっていた。汚れというのは、気にさえしなければ汚れてないと同じことだ、というのがるり子の持論だった。

けれども、すっきりと片付いている部屋の中にいると、やはり我慢していたのかなぁと思う。部屋の中にあるソファやテーブルや家具やベッドは、みんなるり子のセンスで揃えたものだ。けれども、こうして見ていると、最初から信之が選んだみたいに、ぴたりとこの部屋に納まっている。何だか急に居心地の悪い気分になって、るり子は追い立てられるようにマンションを出た。

部屋は何かが変わっていた。整っている、というだけではない何かだ。同じ水槽なのに、中を満たしている水が変わってしまったような感じだった。海水とばかり思っていたのに、いつの間にか淡水になっている。熱帯魚のるり子にはそれがどうにも息苦しい。

エレベーターの前に行くと、面倒なことに、隣りの奥さんと顔を合わせた。るり子より十歳以上も上の噂好きで評判の奥さんだ。

「あらぁ、室野さんの奥様、最近どうなさったの、ぜんぜんお顔を見ないから心配してたのよ」

にこにこ顔の隙間から、好奇心が丸見えだった。もちろん、それに負けないくらいのにこにこ顔でるり子も返した。

「ちょっと実家の母の具合が悪いんです。それで、ここのところ、あちらに行ってることが多くて」

こんな嘘などへっちゃらだ。

「まあ、そうなの。それは大変ねえ。お母さまのお加減は？」

「おかげさまで、快方に向かってます。それじゃ、病院にお薬を取りにいくので、これで」

あちらも嘘だということはとっくに気づいているだろう。

るり子としては、別居していることがバレてもどうってことはなかった。男と女のスキャンダルは、たとえどんな種類のものであっても勲章だと思っている。何もない女よりかは百万倍もいい。それでも嘘をついたのは、信之のためだ。信之は、それを恥ずかしいと思うタイプの人間だ。

駅まで行って、時計を見た。十一時半を少し過ぎたところだった。お腹もちょっと空いてきた。おいしいパスタが食べたい。それもこってりしたチーズクリームソースの。

ふと、信之とランチをしようかと思い立った。帰る決心はつかないけれど、それくらいの気持ちの余裕はある。訪ねて行ったら、どんなにびっくりするだろう。

結婚前、何度かそうやって信之の会社の近くでランチデートをした。さすがに会社の人に見られるのはまずいからと、ちょっと離れた場所にあるイタリアンレストランを利用した。店の作りも洒落ていて、ディナーは高いが、ランチタイムは驚くほど安い。その店のチーズクリームソースのパスタが抜群においしかった。

あれが食べたい。そう思ったら、我慢できなくなった。るり子はタクシーに手を上げた。


代々木にある信之の会社に着いたのは十二時を五分ほど過ぎていた。タクシーの中から信之の携帯電話に何度か連絡を入れたが、電源を切っているか、電波の届かないところにいるらしく、繋がらない。それでデスクに直接電話した。

応対に出た女性に、信之を呼び出してもらったが、すでに昼食に出てしまったと言う。

せっかくここまで来たのに、と、見当違いと思いながら腹が立った。これが仲直りのチャンスだったかもしれないのに。

帰ってもいいが、せっかくここまで来たのだ。どうせならあのパスタを食べていこう。そう思って、るり子はオフィス街を抜けて行った。

歩いて約十五分、レストランに到着した。半地下になっている階段を下りると、パティオのようなスペースが広がっている。店はガラス張りで、半地下でも日差しがたっぷり差し込むような造りになっている。

るり子はレストランのドアに手を掛けた。その時、ガラス窓の向こうに見慣れた顔を見付けて、声を上げそうになった。信之だ。るり子は思わず苦笑した。こんな場面で出会うなんて、何だかんだ言っても、やっぱり気の合うふたりらしい。

けれども、次の瞬間には足が止まっていた。信之の向かい側に座る存在を認めたからだ。

山下エリだ。あの茶髪でナマ足の、見るからに頭の悪そうな女だ。ふたりは顔を突き合わせて、パスタを食べている。

彼女のことは気の迷い、と泣いて謝った信之と、誤解されるのは迷惑だとほざいたエリが、会社の人の来ない、結婚前に何度もるり子と利用した、この洒落たレストランでふたりきりのランチをしている。それがどういう意味を持つか、考える必要もなかった。

やってくれるじゃないの、二人とも。

腹が立つより、頭にくるより、るり子はつくづく感心した。男と女のことは知り尽くしていると思っていたが、私なんて、まだまだ甘ちゃんだ。

エリが笑い声を上げた。大げさな仕草で信之の肩を叩いている。信之も笑っている。

「すみません、いいですか」

背後から声があった。るり子は振り向き首を振った。

「あ、どうぞ。私、入らないから」

るり子は店に背を向けた。

ゆっくりとした足取りで階段を登り、大通りに出た。出たところでガードレールに腰を下ろして、煙草を一本吸った。とりあえず、あはは、と声を出して笑ってみた。

それからどうしようか考えた。こういう時、どうすることが私らしいだろう。

このまま黙って帰るのも悪くない。知らん顔をして、信之にきっちり引導を渡す。にこにこ笑って、慰謝料をふんだくってやる。それが大人の女のやり方だ。賢い女というものだ。けれど、それは私じゃない。

るり子はバッグから化粧ポーチを取り出した。道の真ん中であるにもかかわらず、堂々とコンパクトを開いて、顔を覗き込んだ。鼻が少しテカッている。ファンデーションで押えて、口紅を引いた。ついでにビューラーで睫《まつげ》をカールさせた。通り過ぎるサラリーマンたちが好奇の目を向け、制服姿のOLたちは非難の目を向けたが、全然気にならなかった。

ぱちんと音をたててコンパクトを閉じると、るり子は登ってきたばかりの階段を再び下りて行った。

今度はドアの前で立ち止まることもない。背筋を伸ばし、ドアを押して、真っすぐに信之とエリが座る席に向かった。

だんだんふたりの席が近付いてくる。何だか自分が、クライマックスシーンを撮っている女優になったような気がして来る。

「やっぱり、ここはチーズクリームパスタよね」

と、声を掛けると、信之とエリが同時に顔を上げた。

信之は一瞬にして、うろたえた表情になった。それは当たり前過ぎて少しも意外性がなかったが、
それとは対照的に、エリはすでに開き直った顔をしていた。

不思議なことに、るり子はそんなエリを悪くないと思っていた。自分も同じような状況に陥ったら、
きっと同じ顔をしただろう。

「るりちゃん、どうしてここに」

「神のお告げがあったの」

「やだなぁ、またそんな。あのね、これは違うからね。ぜんぜんそういうのじゃないからね、だから誤解しないでね。ほんと、偶然会っただけなんだからね」

しどろもどろに信之が言葉を連ねる。けれども、実際は口がぱくぱくしている方が多かった。

「あなたさ」

信之を無視して、るり子はエリに身体を向けた。

「何かしら」

エリは平然と答える。

「信之のこと好きなの？」

「言ったでしょう、彼が私を好きなんだって」

「あげるわ」

るり子は言った。

「私はもういらないから、あげる」

エリが何か言い返そうとするのを、信之が慌てて遮った。

「るりちゃん、そういうんじゃないんだって言ってるだろう。彼女とは本当に偶然ここで」

「私もいらないわ」

言ったのはエリだ。

「別に、奥さんから取ろうなんて気持ち、さらさらないから。そのことはこのあいだも言ったでしょう」

信之が間の抜けた合いの手を入れる。

「ね、ほら、彼女もそう言ってるだろう。何でもないんだ、ただ飯を食ってただけ。るりちゃんが気にすることはないんだ」

るり子は信之に視線を移した。

「信くんさ、あなたって何にもわかってないのね」

「え、なに?」

「この女がいらないっていうものを、私が欲しがると思う? 私がそういう女だと思う?」

信之が口を噤《つぐ》み、視線を手元に落とした。

「相手を間違えたのは、私だって思ってたけど、そうじゃなくて、信くんの方だったみたい。私じゃ、信くんには荷が重すぎるのよ」

「それって」

おずおずと、信之が顔を上げる。

るり子はほほ笑んだ。

「そう、これで決定ね。届けは後で送るから」

それから、るり子はエリに顔を向けた。

「別にあなたのせいじゃないわ。自惚れないで」

るり子は背を向けた。

レストランの客たちが、慌てて視線をそむけた。当然ながら、やりとりは聞こえていただろう。ぜんぜん、恥ずかしいなんて思わなかった。こんなことで、恥ずかしいと思うくらいなら、最初から男なんかと付き合わないことだ。女を張るってことは、いつだってどこでだって胸を張っていられるということだ。

るり子は再び大通りに出た。解放されたような気分になって、これから何をしようか考えた。衝動買いで服を買うのもいいし、頭が痛くなるくらい甘いケーキを食べるのもいい。昔のボーイフレンドを呼び出してセックスするのも悪くないし、いっそ道端で可愛い男の子をナンパしてホテルに連れ込もうか。

そんなことを考えて、美容院に行くことにした。セオリー通りのところが癪だけれど、やっぱり気分転換には髪を切るのがいちばんだ。

帰って来たるり子を見て、崇が目を丸くした。

「どうしたの、それ」

「どう、なかなかセクシーでしょう」

るり子は腰を捻ってポーズを取った。背中まであった巻き毛は、ベリーショートになっている。美容師も言っていたけれど、よく似合う。私は何をやってもサマになる女だ。

「思い切りがいいというか」

崇がため息をついた。

「やると決めたらとことんやる。それが私の主義なの」

「あっそ」

崇は呆れたように頷き、キッチンに向かった。

「今日の夕食は何？」

「パスタだよ」

るり子は思わず振り向いた。

「まさか、チーズクリームソースじゃないでしょうね」

「当たり。むちゃくちゃこってりのゴルゴンゾーラ」

るり子はひとつ息をはき、バッグをソファに放り出した。

七時になっても、萌はまだ帰って来ない。バイトは五時に終わるはずなのに、最近、遅い日が続いている。柿崎と会っているのかな、とちょっと考える。すると、惜しいことしたような気分になる。

あの時は、柿崎に婚約者がいると知ってとっとと信之に乗り換えてしまったが、キープしておけばよかったかもしれない。萌が今、付き合っているとなると尚更そんな気になる。

「先に食べちゃおうよ。私、おなかすいた」

結局、昼ご飯は食べるタイミングを逃していた。崇が時計に目を向けた。

「もう少し待とうよ。パスタ、二回に分けて茹でるの面倒だしさ」

「だったら私、ワイン飲んじゃうからね」

るり子は冷蔵庫から、ボトルを持って来た。よく冷えた白だ。ワインのことはぜんぜんわからないが、ラベルに美しい女性が描かれている。

「開けて」

ソファを背もたれの代わりにして、テレビを観ている崇に、るり子はボトルと栓抜きを差し出した。

「自分で開けろよ」

「ヨーロッパでは、ワインの栓は男が開けるって決まってるの」

「ほんとかよ」

そう言いながらも、崇は栓抜きを手にした。

その間に、るり子はグラスをふたつ用意し、床に並べた。

「はい」

「サンキュ」

グラスにワインが満ちてゆく。甘くて、どこか懐かしい香りが広がる。

乾杯して、るり子はグラスを口に運んだ。すきっ腹にきゅうっと染み渡る。くだくだと、崇と話をしながら飲んだ。崇が今バイトをしているラーメン屋のおやじが、やけに親切なのがちょっと怪しいらしい。文ちゃんの紹介なら、その方面の趣味がないとは言えない。

「一度、やっちゃったら」

と言ったら、崇はぶるると首を振った。

「癖になったらどうすんだよ」

ワインはおいしい。ちょっと苦いところが今の気分にぴったりだ。話は楽しいし、喋るのはもっと楽しい。どんどん入るし、どんどん酔う。すぐにボトルが三分の一になった。

頭の芯が、船酔いしたみたいに揺れている。るり子は崇に顔を向けた。

「ね、私って、すごく魅力的でしょ」

崇は思わずワインを吹き出しそうになった。

「自分で言うか」

「私は嘘をつけない性格だもの」

「まあ、確かに美人だと思うよ」

「でしょう。そんじょそこらの女とは絶対に違うでしょう」

崇が黙る。

「どうなのよ」

「まあ、そうなんじゃないの」

どうでもいいように崇が答える。

「そんな私の酔ってしどけない姿を見て、君は今、ムラムラしてるでしょう」

「アホか」

言いながらも、崇は少し顔を赤くした。

「あ、やっぱりムラムラしてるんだ」

「してないよ」

「嘘」

「飲み過ぎなんだよ」

「ねえ、しない？」

るり子が崇ににじり寄ると、崇は心底困り果てた顔をして身体を退いた。

「遠慮することないのよ」

「いや、いい」

「どうして」

「僕にだって好みってものがある」

「何よ、それ」

るり子は思わず抗議の声を上げた。

「私は好みじゃないって言うの」

「そうじゃないけど」

「じゃ、何なのよ」

「ムラムラっていう感じじゃない」

「それ、ひどい。崇くん、あんまりだ。女の自尊心をずたずたにしてる。そんな言い方されちゃ、私もう生きてゆく自信ない」

るり子は顔を覆った。もちろん泣く真似をしているだけだ。男が涙に弱いことぐらい、生まれた時から知っている。崇はおろおろして、るり子を必死に慰めた。

「ごめん、そんなつもりじゃないんだ。うまく言えないけど、るり子さんは僕にとって、女の人っていうよりお姉さんみたいな感じなんだ」

るり子は素早く、崇の腰にぎゅっと抱きついた。

「ねえ、抱いてよ。萌には内緒にしとくから。抱いて欲しいの、私、今、そういう気分なの」

「ち、ちょっとるり子さん」

「君が萌とやっちゃったことは知ってるわ。でも心配しないで。私と萌は、そういうこと全然気にしないから。それがルール違反だなんて少しも思わない間柄だから」

崇の匂いがする。男の匂いとはちょっと違っていた。日向のような温かさが混じってる。

頭上からいくらか落ち着いた声がした。

「るり子さん、ダンナと何かあったの?」

「そんなこと、どうでもいいじゃない。ねえ、抱いてよ、しようよ」

「髪の毛切ったのも、そのせいなんだ」

るり子に抱きつかれたまま、崇はしばらくじっとしていた。るり子は焦れて、もっともっと身体を押しつける。胸なんか特にぐりぐりする。やがて、ゆったりとした口調で崇は言った。

「るり子さんは今、抱かれたいんじゃないと思うな。きっと、抱きしめられたいんだ」

「何よ、それ」

「似てるけど、全然違うだろ。そこを間違えると、とんでもないことになる。僕はるり子さんを抱けないけど、抱きしめることならできるよ。ほらね」

そう言って、崇は自分の両腕でるり子の身体をぎゅうっと包み込んだ。

「どう？」

るり子は崇の胸の中で力を抜いた。じっとしていると、まるで身体中の固い結び目がほどけてゆくような気がした。

「不思議」

「何が？」

「繭の中の蚕《かいこ》になった気分」

「するよりいいだろ」

「うん、気持ちいい」

るり子は目を閉じた。

「ねえ、しばらくこのままでいて」

「いいさ」

「あったかい。とろとろしちゃう」

「眠ってもいいよ」

「うん」

いつか、るり子は本当に眠っていた。

13

ここのところ、柿崎とよく会っている。

別れ際に次の約束をすることもあるし、店に電話がかかってくることもあるし、バイトの終了時間近くにひょっこり顔を覗かせることもある。

かと言って、付き合っているというのでもない。「互いに時間が合うならメシでも食おうよ」という気楽な雰囲気だ。そういうさりげなさをエチケットとして備え持っているところが柿崎の魅力だと、萌は思う。

萌にしたら、今のアルバイトは毎日ゲイの男たちに囲まれるという、頭が混乱することばかりなので、柿崎とのデートはいい気分転換になってくれていた。

会ったからと言って、セックスするとは限らない。食事だけ、時には三十分ほどお茶を飲んでさよならってこともある。

柿崎の魅力はいつも、食、につながっているように思う。

いつも感嘆するのは、店の選び方だ。決して高級な店ではないのだが、洒落ていて、落ち着いていて、何よりおいしい。寛げるティールームや、古びた洋食屋や、住宅街にひっそりとある中華屋や、清潔な寿司屋や、外国人がいっぱいの怪しい焼肉屋やら、有機野菜のお惣菜が自慢の居酒屋やら、ソースが信じられないくらいおいしいイタリアンやら、老夫婦がやっているビストロやら、といった具合に、肩肘はらず楽しめる店を捜し出してくる天才だった。

食べ方もある。柿崎の指は箸でもナイフでもフォークでもれんげでも、たとえ素手でも、とても優雅に動く。姿勢も正しく、咀嚼《そしゃく》する顎の動きも美しい。

食べる行為は、官能とつながっていると、萌は柿崎を見ているとそう思う。食べる仕草が気に入れば、きっとベッドの上でも落胆することはない。

柿崎とは、るり子の結婚式で出会って、そのままホテルに直行してしまうという、いささか身も蓋もない出会いだったが、それも今となってみると、隣の席で柿崎の食事の仕方を眺めていたからこそそうなった、という気がする。海老嫌いは笑ってしまったが、その小さな海老のかけらを皿の隅に器用によけてゆくフォークの動きに、その時は自覚していたわけではなかったが、惹かれたのではないかと思う。

今日、柿崎は約束通り、六時少し前に本屋に現われた。午前中に電話があって、夕食を供にする約束をしていた。外車販売の営業ということで、柿崎は時間が作りやすい立場にいる。

「いい蕎麦屋があるんだけど、そこでいいかな?」

「もちろん」

柿崎はいつも少しも気負ったところがない。気に入らなければ、遠慮せず断ることができるゆとりのようなものを、言葉の中に含ませてくれる。もちろん、気に入らないことなど一度もないのだが、悪いからと無理に相手に合わせるような状況にはしない。

「でも、終わるまでまだ十五分ほどあるの」

「じゃあ、立ち読みしながら待ってるよ」

ゲイの男たちの中に立っても、柿崎は少しも動揺しない。好奇の目にさらされても平気だ。文ちゃんという友達の影響があるのかもしれないが、柿崎はいつだって、そこに自分の場所をちゃんと作り上げてしまえる才能を持っている。

予定の時間に交替のアルバイトが来て、ふたりは西新宿に向かった。高層ビル群から少しはずれたところにある一軒家を改装した蕎麦屋だ。

「いいお店ね」

萌は壁やら天井やら庭に目を向けた。凝った数寄屋造りのこの蕎麦屋は、落ち着いていていかにも大人の店という感じがする。

メニューを広げながら、柿崎が頷いた。

「だろう。この間、タクシーで前を通ったんだ。その時から気になってて、君と一緒に来たいなぁって思ってた」

萌は返す言葉を喉元で飲み込んだ。君と一緒に、そんなセリフを、まるで書いてあるメニューを読み上げるようなさりげなさで口にする、そんな柿崎を前にしていると、この男が真面目なのか遊び慣れているのか、わからなくなる。

柿崎は、天せいろを、萌はとろろ蕎麦を注文した。運ばれてくる間に、熱燗と卵焼きと鴨肉の燻製も頼んだ。最近、萌は熱燗が好きになった。冷たいのも悪くはないが、身体にしみてゆくような酔い心地はやはり熱燗ならではだと思う。

「今度、温泉にでも行かないか？」

不意に柿崎が言った。

「どうしたの、急に」

「伊豆にいいところがあるんだ。東京を離れて、のんびりするのもいいなぁと思ってさ」

少し躊躇した後「いいわね」と、萌は答えた。

「行きたくない?」

「どうして?」

「何か、そんな感じがした」

「そうじゃないけど」

言ってから、萌はつけ足した。

「本当は、聞いちゃいけないことなんだろうけど」

「なに?」

「奥さんとのこと」

「ああ」

「その後どうなってるの?」

「あのままだ」

柿崎が猪口《ちょこ》を口にした。

「あのままって?」

萌の杯も満たす。

「だから、出て行ったままだ」

「今はどこにいるの？」

「実家だよ」

「迎えには？」

柿崎は黙る。

「温泉、行きたくないならいいんだ」

「どうして？」

「君は、僕に同情している。妻に逃げられた男に誘われて、自分まで断ったらかわいそうだと思ってる」

「違うわ」

「どうかな」

萌は笑顔をつくった。

「私はそんな殊勝な女じゃないわ。面白がってるのよ。シングルの私から見れば、結婚のトラブルは格好のネタなのよ。そら見たことかってね」

柿崎は息を吐き出した。

「悪趣味だね」

蕎麦が運ばれてきた。かつおだしの匂いがふわりと鼻をつく。

「それで、温泉どうする？」

「考えとく」

「そうか。無理することはないからね」

「わかってる」

八時を少し過ぎた頃に柿崎と別れ、萌は駅に向かった。

切符を買って、ホームにぼんやり佇んでいると、萌は自分をひどく心許なく感じた。

柿崎のことは好きだ。だからこうしてよく会っているし、時にはセックスもする。けれども、それは恋愛というのとどこか違うような気がする。

いいや、柿崎のことだけではない。男と付き合い始めると、萌はいつもこの問いを自分に向けているように思う。

恋が連れてくるやっかいなさまざまな感情、たとえば会いたくて触りたくていても立ってもいられなくなる、そんな切なさが、恋そのものだということらしいが、萌はどうにも素直にそれを受け入れられない。恋はしたいと思うが、我を忘れるような状態になりたくなかった。実際、なったこともなかった。

以前、るり子に言われたことがある。

「萌は結局、いちばん自分が大事なのよね」

自分本位の権化みたいなるり子からそれを言われた時は、さすがにムッとした。

「そういうこと、るり子にだけは言われたくない」

「私は確かに計算高いけど、恋にうつつを抜かすこともちゃんと知ってるわ。男の前で頭の中をくるくるぱーにすることもね。でも、萌はいつだって、その前で下りちゃうの」

「下りるって？」

「うまく言えないけど、どんな状況でも我を忘れないってこと」

萌はしばらく考え、尋ねた。

「ねえ、女に、恋は必要なものだと思う？」

当然ながら、るり子は頷いた。

「当たり前じゃない、それがなくてどう女でいろって言うのよ」

「いろいろあるじゃない。仕事に打ち込むとかさ、のめり込む趣味を持つとかさ」

「それと恋とを、比較の対象にすること自体、私には理解できない。もし仕事と恋の選択があったとしてよ、仕事を選ぶ女がいたら、狂ってるとしか思えない。仕事とも趣味ともセックスできないのよ」

「あんたに聞いた私がバカだったわ」

女って面倒だ。若くて、性欲なんかある女は特に面倒だ。こうでなければならないもの、が多すぎる。そういったものが、自分をがんじがらめにしている。たとえば、どれほど仕事ができても恋の匂いのしない女はみじめだ、ということだ。女ならいつかはパートナーを持って子供を産みたいと思うのが自然、ということだ。けれども、本当に悔しいのは、それを「関係ないわ」と笑い飛ばしてしまえない自分がいることだ。どこかで自分もそれに乗っかって、周りの女たちの生き方に乗り遅れないようにしていることだ。

電車の窓に自分の顔が映っている。

疲れた顔をしているな、と思った。夜の電車はみんな似たような表情をしている。おじさんもおばさんも、若いのも年寄も、パンクもコンサバも、ブスも美人も、金持ちも貧乏も、ひとりひとりに世界があって、生き方があって、思いがあって、悩みがあるのだと思うと、何だか切なくなった。

いつものように、鍵を使ってマンションのドアを開けた。

部屋に入ると、ソファの前で、るり子と崇がまるで子犬のように抱き合っている様子が目に入った。

その姿を見た瞬間「まずい」と思った。何か特別なものを見てしまったような、見てはいけないものを見てしまったような気分になって、萌は慌てて玄関に逆戻りした。

いったん外に出て、わざわざ鍵をかけて、改めてチャイムを押した。

「遅いなぁ」

髪をくしゃくしゃにした崇が顔を出した。

「待ちくたびれて、寝ちゃったよ」

「何だ、寝てたんだ」

「るり子さん、ワインがぶ飲みしてさ。晩ご飯、食うだろ」

「いらない」

「何だよ、ずっと待ってたんだぜ」

「ごめん、もう食べてきたから」

居間に入ると、るり子はまだよく眠っていた。もともとるり子はすぐに誰かとくっつきたがるタイプの女だし、あのふたりがじゃれあっている様子は何度も見ている。どうしてあんなに焦ってしまったのだろう。

「食べないなら、連絡するって約束だろ」

崇が頬を膨らませ抗議した。

「だから、ごめんって」

萌は自分の部屋に入った。まだ少しどきどきしていた。


翌日、本屋にるり子が遊びに来た。

「家にいても、ヒマなんだもん」

昨夜は早くから眠って、萌が朝に出掛ける時もまだ眠っていた。悪い奴ほどよく眠る、と言うが、るり子はまさにその通りだ。

「お昼一緒に食べようよ。ちょっと話したいこともあるの」

「いいけど、私、ここから離れられないのよ。お昼はいつも前のコンビニ弁当に決まってるの」

「まさか、ここで食べんの?」

「そうよ」

「この、ものすごい本に囲まれて?」

「そう」

「食べる前からげっぷが出そう」

午前中とあって、店内に客の姿は少ない。るり子はしばらく好奇心丸出しで店内をうろついたり、雑誌をぺらぺらとめくったりしていたが、その一冊を手にして、嬉しそうに戻って来た。

「ね、この読者のページってとこ、すごいわ」

「何が?」

「求む、恋人。五十歳くらいで、太めで、毛深くて、週一ペースでデートして、月に十万くらいのお小遣いをくれるおじさま連絡ください、だって」

「あっそ」

「身も蓋もないってところが、いいわよねえ」

「なんだ、賛同してるの」

「もちろんよ。気取ったことを口にしても、無駄な時間を使うだけ。ワンピースが欲しいのかパンツスーツが欲しいのか、それがわからなくて買物行って成功した試しがないじゃない、それと同じ」

るり子のたとえは、いつもものすごく強引なのに、妙に説得力がある。

「じゃあ、私もここで一緒に食べるわ。マックでも買ってくる？」

「うん、そうして」

「スープもつけるわよね」

と、ドアに向かったとたん、るり子は立ち尽くした。

顔を上げると、オーナーのリョウが入って来るのが見えた。

「ご苦労さま、どう調子は」

リョウが軽く手を上げる。細身の紺のパンツに、白シャツという飾り気のない格好だが、とにかく絵になる。形のいい唇には静かな笑みがたたえられている。

「まあまあってとこです。そうそう、請求書が二通来てます」

萌はカウンター下のラックからそれを取り出し、手渡した。

「ああ、ありがとう」

「私、青木るり子って言います」

突然、るり子が上擦《うわず》った声で言ったのでびっくりした。リョウが振り向き、笑顔を浮かべた。

「どうも」

「萌の友達なんです。友達っていうより、家族みたいな、双子みたいな関係かしら。今は一緒に暮らしているし」

リョウが萌とるり子の顔を交互に見比べて、いっそうほほ笑んだ。

「へえ、いい関係なんだね」

「たまたま一緒にお昼を食べようって、遊びに来たんです」

「そう」

リョウがちらりと腕時計を覗いた。

「いいよ、だったらふたりで食べておいでよ。その間、店には僕がいるから」

「いいんですか」

「いつも、前のコンビニのお弁当じゃあきちゃうだろ」

「じゃあ、お言葉に甘えてそうさせてもらいます」

萌はとっとと自分のバッグを手にして、本屋を後にしたが、表通りに出ると、るり子は不満たらたらの顔をした。

「どうして余計なこと言うのよ、あそこで三人で食べてもよかったのに」

「何を考えてるのよ」

「ところで、あの人誰？」

「店のオーナーよ」

「青年実業家か、なるほどね。よし！」

力強く、るり子が言った。何を考えているかぐらいお見通しだ。だいたい自己紹介の時、旧姓で言うところが何とまあ直接的なのだろう。

「言っておくけど、彼、女に興味はないからね」

「えっ、そうなの」

「ここをどこだと思ってるのよ」

「本当に興味ないの？」

「付き合ってるのは男よ」

「信じられない」

「おあいにくさま」

「ああ残念。ねえ、せめてバイセクシャルってことはない？」

「そこまで言うか」

「もったいない」

ふたりはファミリーレストランに入り、本日のランチを注文した。メインのポークピカタは、結構、柔らかくておいしい。

「話があるって言ってなかった？」

尋ねると、るり子がカップスープを口に運びながら、あっさりと言った。

「私、別れることにしたから」

「えっ？」

萌は思わずフォークを持つ手を止めた。

「まさか、信之と？」

「決まってるでしょう」

「どうして」

「信之、まだあの女と付き合ってたの。私、昨日、その現場にばっちり出くわしたのよ。女に言ってやったわ『信之が欲しいならあげる』って。そしたら何て言ったと思う？」

「さあ」

こわごわ萌は首を横に振った。

「『いらない』ですって。それで決めたの、別れるって」

萌は息を吐き出した。いかにもるり子らしい結論の出し方だった。るり子は男に対してなら泣いてすがることも厭わないが、その対象が女だと鉄の意志を持つ。今更、止めても思い止まるようなるり子じゃない。るり子が苦手なのは、迷うことだ。どんなことでも、口にした時はもう決めている。いい、悪いは別にして。

「まあ、好きにすればいいけど」

「慰謝料、いくらぐらい取れるかしら。離婚の理由は明らかに信之の浮気でしょう。私に落ち度はないわけだし。とりあえず弁護士に相談に行くつもり。前の二度の離婚の時、世話になった弁護士に」

心が離れると、氷より冷たい女になるのもるり子の特徴だ。取るものはきっちり取る。前の二度の離婚の時もそうだった。最初の結婚相手は、それで実家の畑を売り払ったという話だ。浮気したのだから自業自得とは言え、少しばかり、信之が可哀相になった。まだ安月給の身で慰謝料をどうやって工面するのだろう。

「ねえ、柿崎さんとはどうなってるの？」

急に、話題をふられて困惑した。

「まあ、たまに会ってるけれど」

「たまにだなんてよく言うわ。昨夜もそうだったんでしょう。うまく行ってるんだ」

「うまく行くって、どういうことかよくわかんないのよね」

「そりゃまあ、柿崎さんは結婚してるしね」

「それなんだけど」

「何？」

「奥さん、家を出てったんだって」

るり子がマスカラを三重に塗った目を見開いた。

「どういうこと？」

「理由はよくわからないけど、そういうことになったんだって」

「つまり、別居したってことよね。それは、離婚の可能性大ってことじゃない」

「そこまでは聞いてないけど」

「よかったじゃない」

るり子が声を弾ませた。

「そうかな」

「何よ、そのやる気のない言い方。離婚すればこれから堂々と付き合えるわ。うまく行けば、結婚ってことにもなるかもしれないのよ」

「よしてよ、そんなの」

「嬉しくないの？」

「あんまり」

「なあんだ、そうなの」

「そうなのって、何よ」

「萌ったら柿崎さんのこと、好きじゃなかったんだ」

「どうしてそうなるわけ？」

「だって、好きなら、嬉しいに決まってるじゃない。好きな男が独身になるのよ。不倫じゃなくなるのよ。私だったら、嬉しくてセックスしまくっちゃう」

「私はるり子とは違うから」

「当たり前よ、そんなこと五歳の時から知ってるわ」

萌は、ピカタを口の中に押し込んだ。るり子とどれだけ話をしても、これ以上、理解しあえることはないと、ため息をついた。


午後、店番をしながら、萌はぼんやりと考えた。

私はやっぱり変だろうか。付き合ってる男が、妻と別れるというのは喜ぶべきことなのだろうか。

柿崎のことは、とても好もしく思っている。会っていて楽しいし、また会いたいとも思う。それでも、妻が出て行ったと聞かされた時から、気持ちの中に小さなこだわりのようなものが生まれていた。

どういうわけか、距離を置こうとしている自分がいるのだった。むしろ、そんな思いを柿崎に知られたくなくて、前よりよく会うようになったという気がする。

柿崎が結婚していることは、もちろん最初から知っていた。知っていて付き合った。けれども、少し言い方を変えると、知っているからこそ付き合った、ということでもあるような気がする。男が結婚しているという事実は、どこかで安心感を連れて来る。不実が当たり前。何の期待もしなくていい。恋愛はしてもその先には絶対に進まない。そんな決めごとが始めからあって、いろんな意味で歯止めになってくれている。

この人とは結婚できない。というのは、どこかで「この人と結婚しなくてもいい」ということでもあるのだ。

信之のことも、今となってみればそうだったような気がする。

信之は独身だったが、付き合っているうちに、何となく結婚という雰囲気を感じるようになっていた。それをさり気なくかわしながら、今まで通りに付き合ってゆけないかと考えていた頃、るり子が現われた。るり子は信之を気に入り、横からさっさとさらって行った。他人からすると、恋人を盗られた可哀相な萌、と映るかもしれない。でも、萌にそんな気持ちはまったくと言っていいほどなかった。むしろ、どこかでホッとしていた。

自分はどこかで、結婚に対して嫌悪を抱いているのかもしれない。

そう思ったとたん、何だか急に不安になった。

そんなわけはない。そんなことを考えたら、どうして生きていけばいいのかわからなくなってしまう。萌は慌てて首を振った。

14

区役所で、離婚届をもらってきた。

もう三回目ともなると慣れたもので、るり子は窓口の係員に、まるで住民票を請求するくらいの気安さで告げた。

「離婚届一枚ください」

もちろん、係員の方も動じる様子はない。表情ひとつ変えず「どうぞ」と差し出した。年間離婚件数はとっくの昔に二十万組を超えている。

初めての離婚の時、書き損じがあったらいけないと二枚もらったことを思い出した。実際、署名する手が震えて書き損じた。可愛かったなぁと思う。死ぬほど悩んだ離婚というわけではなかったが、それなりに人生の岐路に立ったような気がしていた。でも、今はつくづく思う。離婚なんて大した意味を持ちはしない。少なくともるり子は、そんなことで自分の人生を狂わされたりしなかった。

その足で、赤坂にある弁護士事務所に出向いた。

前の二度の離婚も、ここの先生に世話になっている。離婚を専門に扱っているだけあって、二度とも結果はるり子の満足するものだった。

弁護士はるり子を見ると、呆れながらも、どこか親しみを持った目で出迎えた。

「まったくあなたも懲《こ》りない人ね」

るり子は首をすくめた。

「次は必ずいい男を捕まえてみせますから」

弁護士が目を丸くする。

「まだ結婚するつもりなの」

「もちろん」

今回は信之の浮気という、原因がはっきりしている離婚なので揉めることはないだろうと言われた。

「でもね」

と、弁護士がソファにもたれて、足を組んだ。

「あなたの場合、離婚のことよりも、結婚そのものについてもっと考えた方がいいんじゃないかしら」

お説教とも言える言葉だったが、るり子は余裕をもってほほ笑んだ。

「結婚すれば幸せになる、その幻想を捨てない限り、女は自分の足で立てないのよ」

「はい」

殊勝な顔で頷きながらも、るり子は内心では違うことを考えていた。

女にはふたつの種類がある。自分が女であることを武器にする女か、自分が女であることを弱点に思う女か。このふたつの女はまったく違う生きものだ。目の前の弁護士は五十歳を少し過ぎたくらいだが、確か未婚のはずだ。そのきっちりとしたパンツスーツや細い銀フレームの眼鏡や化粧気のない顔が、彼女がどちらの女であるかありありと物語っている。違う生きものと議論するほど自分は愚かじゃない。

「じゃあ、よろしくお願いします」

手続きはすべて弁護士に任せて、外に出た。

　手をかざして空を見上げると、太陽がわずかに西に傾いて、ブルーが濃くなり始めていた。もうすぐ夏だなと思った。

去年の夏は何をしていただろう。そうだ、信之と一緒にタヒチに旅行に行った。ゴーギャンの絵に出てくる女と同じ格好をして、ふたりで砂浜で遊び回ったっけ。

そんなことを考えながら、流れる雲をぼんやり眺めていると、急に焦った気持ちになった。次を探さなくちゃ、そう、次の男だ。次の結婚相手だ。信之なら絶対幸せにしてくれると思ったが、期待はずれだった。だったら、次を探すしかない。

るり子はその足で、結婚前に登録していた人材派遣会社に出向いた。これからの生活のこともあるが、次の結婚相手を探すには、前と同じように短い期間で会社を転々とする派遣会社がいちばん効率がいい。

仕事は、受付か秘書。今までもそうだったし、これからもそれにすると決めていた。受付は、社のほとんどの男性社員と顔見知りになれるだけでなく、出入りの他社の男たちとも出会える。秘書なら、重役とお供で出掛けることが多く、エリートたちの目につく機会もある。重役に気に入られれば「息子の嫁に」とか「いい男がいるんだが」と紹介される可能性もある。考えただけで、期待が広がった。

意気込んで出向いたものの、しかし、るり子はそこで思いがけない仕打ちを受けることになった。

「えっ、巣鴨の青果市場ですって」

声が思わず裏返った。

「ちょっと、それ、どういうことよ」

るり子より確実に三歳は若い係員の女性は、淡々とした態度で説明した。

「ご不満かもしれませんが、今のところ、青木さんにご紹介できる仕事はこれしかないんです」

「ちょっと、待ってよ。私はここに登録してからずっと受付か秘書をやってきたの。もっとよく調べてよ。私の履歴、間違って入力されてるんじゃないの？」

係員が困ったような顔をする。

「データに間違いはありません」

「だったら」

思い切ったように、係員は言った。

「青木さん。今、世の中がどんな状況かおわかりでしょう。新卒でさえ、就職先が見つからないんです。こう言っては何ですが、あなたはこれといった資格もお持ちじゃないですし、難しいんですよ、こういう方は」

「だから、受付や秘書の仕事ならそれなりのキャリアがあるって言ってるじゃない」

係員は、ちらりとるり子の顔を見た。その目に気の毒そうという形容詞がつきそうで、いやな予感がした。

「青木さん、そろそろ二十八歳になられるんですよね」

るり子は少し身体を退いた。

「それがどうしたのよ」

「派遣社員としての受付や秘書の場合、企業側はどうしても若い女性を望むんです」

思わずムッとした。

「私が年だって言うの。まだ、そんなことを言われるような年じゃないわよ。だいたい、若くても私よりブスで愛想の悪い女は山ほどいるわ」

「それはまあそうでしょうけど、企業側の条件がそう出ていますので」

「ふん。あっそ。いいわ、わかったわ。とにかく、面接の手続きだけはとってみてよ。面接さえすれば、私が採用されるに決まってるんだから」

しかし、係員はあくまで冷静だ。

「申し訳ありませんが、それはちょっと社の規則でできかねます。他の会員の方から苦情が出ないとも限りません」

それからいくらか皮肉っぽく、付け加えた。

「せめてパソコンに堪能とか、秘書検定を持ってらっしゃるとか、そういうことがあるといいんですけどね」

るり子は顔をそむけた。

「青木さん、結婚されて、しばらく専業主婦をなさってたのでしょう。その間に、何か勉強されたとか、講習を受けたとか、そういうことはなかったんですか」

係員の言葉には、どこか咎めるような口調が含まれている。

「結婚したのに、どうしてそんな面倒なことしなくちゃいけないのよ」

「それでしたら、働こうなんて思わないで、今のまま奥さんでいらした方がいいんじゃないですか」

余計なお世話だ。

「離婚したのよ。だから、こうして働き口を探してるの」

「ああ、なるほど、そういうことですか」

係員が納得したように頷いて、再び画面に視線を戻した。

「うーん、やはり難しいですね。どうでしょう先程の青果市場。思い切ってやってみませんか。仕事があるだけまだマシですよ。仕事内容は食品の管理部門、早い話、倉庫で入荷のチェックと発送の手続きということなんですけど」

「冗談じゃないわ」

るり子は憤慨して思わず叫んだ。この私に巣鴨の青果市場で働けというのか。大根や玉葱の個数を調べろというのか。仕事場は渋谷区か港区か中央区のお洒落なビルと決めていた。ミニのスーツにパンプスを履き、持つのはケリーバッグと決めていた。

「青木さん」

「何よ」

「現実をもっとちゃんと見た方がいいと思います」

年下に言われているということで、ますます腹が立った。

「あんたにそんなこと言われる筋合いはないわ」

るり子は席を立ち、パンプスのヒールを高く鳴らしながら、ドアに向かった。

オープンカフェで、舌がやけそうな熱いカプチーノを飲んだ。けれどももちろん、そんなことで腹立たしさが収まるわけではなかった。

あんな小娘に、おばさん扱いされたことが許せなかった。確かにもうすぐ二十八歳になる。けれど、そんじょそこらの二十八歳とは違う。一緒にしてくれるな。年齢が何だ。資格やキャリアが何だ。私はまだ十分に若くて魅力的だ。

そうだよ、当たり前じゃないか。

と、誰か男に相づちを打ってもらいたいところだが、残念なことにそばには誰もいない。

るり子はバッグから携帯電話を取り出した。メモリを開いて、順番に電話番号を追ってゆく。とにかく、誰かに目の前でそう言ってもらいたかった。

「ああ、ケンジ、久しぶり。ふふ、わかる？　私、るり子よ」

「おう、元気か」

電話の相手は、大学時代からの知り合いで、結婚する前まで、渋谷や新宿を一緒に飲み歩いていた。かつて一度、プロポーズされたこともある。

「ねえ、もう仕事終わりでしょう。出て来ない？」

「何かあったのか？」

「ふふ、離婚しちゃった」

「えーっ、またかよ」

「それでね、また働こうと思って、今日、派遣会社に行ったのよ。そしたら、私に回す仕事は青果市場だって言うの。失礼しちゃうでしょう。いらないってタンカ切って帰って来ちゃった」

「やっぱり不満か？」

「当たり前じゃない、この私なのよ」

しばらく無言があって、彼はぽつりと言った。

「なぁ、るり子。おまえ、もう少し世間を知った方がいいぞ」

「どういう意味？」

「そりゃあるり子は綺麗さ。でも、いつまでもそれじゃ通らないってことだよ」

ムッとした。そんな言葉が聞きたかったわけじゃない。

「何なのよ、それ。ケンジまで、あの係の女と同じこと言うのね」

「俺は現実を言ってるまでさ」

「もう、いい」

るり子は乱暴に携帯をオフにした。当然だが、腹立たしさはいっそうつのっていた。あのケンジまでそんなことを言うなんて。このまま帰るなんてとてもできそうになかった。

すぐに再び携帯電話のメモリを開いた。

タカオの名前が目についた。以前、派遣で行っていた会社で知り合った男だ。二、三度ベッドに入ったこともある。陽気でハンサムだが、大学が三流ということで出世コースからはずれていて、結婚相手としては考えられなかったが、気が合って、よく一緒に遊んだ。

「あ、タカオ？ 私、るり子。久しぶりねえ、元気だった。ええ、私は元気。ねえ今から出て来れない？ 私、離婚したんだ。え、仕事ですって？ いいじゃないそんなの、ほっぽっちゃいなさいよ。えっ、主任になったの。嘘、出世したんだ。ふうん、タカオがねえ。そう、得意先の接待なら仕方ないわね。わかったわ、それじゃまたいつかね。うん、バイバイ」

タカオが主任になっていたとは意外だった。ちょっと惜しかったかなと思う。

メモリを順繰りに呼び出してゆく。ジローの名前で止まった。彼は二番目のダンナの友達で、ダンナとは別れても友人関係が続いていた。結婚していた頃から、自分に惚れていたことをるり子は知っていた。

「ジロー、久しぶり。ねえ今夜あいてない？　遊ぼうよ、私、離婚して時間があいてるのよ。えっ、やだ、ジローったら結婚したの？　いつよ？　三ヵ月前、ふうん、そういうこと。新婚さんじゃね。じゃ、またね」

どういうことだ、と焦った気持ちになった。

「あ、私よ、るり子。うん元気。アキラはどう？　まさか主任になったとか、結婚したとかそういうことないわよね。ない、ああよかった。だったら今夜遊ぼうよ。離婚してちょっとクサクサしてるの。時間あるでしょう。えっ、どこが悪いの？　肝臓？　やだ、本当に。そう、大変だったんだ。入院もしてたなんて。ううん、いいの、気にしないで。今はゆっくり養生しなさいよ。また元気になったら一緒に遊ぼう。じゃね」

るり子はため息をつく。ちょっとの間に、世の中はいろんなことが起こっているらしい。

次はヨシオだ、ランクとしてはかなり下の男だが、この際仕方ない。

「ヨシオ、久しぶり。今夜あいてない？　何だか急にヨシオの顔が見たくなったの。えっ、何かあったのかって？　まあ、ちょっとね。実は私、離婚したの。やだ、そんなに驚かないでよ。気分はすっきりよ。これでまた独身ってわけ。だから今夜はゆっくり遊べるわ。ちょっとどうしたのよ、急に用事を思い出したなんて。まさか、私がヨシオを狙ってるとか、そんなふうに思ったわけじゃないでしょうね。冗談よしてよ、そんなに私、男に困ってないわよ。だいたい前は私のことあんなに口説いていたくせに、何よ、その言い方。もう、いい。あんたなんかに連絡したのが間違いだったわ、もう二度と顔も見たくない。番号も消去してやる」

るり子は一気に言って電話を切り、それから本当に番号も消去した。

すっかりカプチーノは冷めていた。いったん口に運んだものの、飲む気になれず、るり子はカップを元に戻した。

いつのまにか街には夕暮れが訪れ、周りのテーブルはカップルばかりで埋まっていた。どう見てもダサいカップルばかりだ。

ふん、あんなブスのどこがいいの？　あんなどん臭そうな男のどこがいいの？　テーブルひとつひとつを回って詰め寄ってやろうか。

それでも、どこかみんな幸せそうに見えた。

幸福や幸運は、いつも自分のためにあるものと思ってきた。私は綺麗だ。頭の回転もいい。愛敬もある。男を喜ばせるコツも知っている。それがない女は資格を取ったり、キャリアを積んで生きてゆけばいい。けれど、そんな面倒なことをするよりも、いい男を捕まえてとっとと結婚するのがいちばんとるり子は思っていたし、それを実行してきた。

結婚は確かにした。三度もした。けれども、どいつもこいつも、私が望んでいる幸福を与えてはくれなかった。

それでも、ついさっきまで人生は何度もリセットできると踏んでいた。こと男に関しては尚更だ。なのにどうだろう、この私が、たったひとりの男も呼び出すことができずにいる。

どうして、私はここでひとりでいるんだろう。どうして、私の隣に私を愛してくれる男がいないのだろう。私を綺麗だよと言ってくれ、欲しいものは何？　と尋ねてくれて、私を幸福にするためには自分の身を危険に晒しても構わない、と囁く男がいないのだろう。

ひたひたと、何かが押し寄せてくる。

何かはわからない。けれども、指先がじんと冷たくなるような何かだ。

るり子は椅子から立ち上がった。

こんなところで、ぐずぐずしていたら、その訳のわからない何かにがんじがらめにされてしまいそうな気がした。

かつて、通い詰めたパブやカフェバーやクラブに行ってみた。

顔を出すと「わぁ、久しぶり」と歓迎されたし、るり子も以前と同じように振る舞ったが、やはりどこか違っていた。どこが違っているのかうまく言えなかった。「相変わらず綺麗ね」とか「るりちゃんが来なくなってから火が消えたようだったの」などと言われても、嘘っぽさばかりが耳についた。それに、店はいつの間にか新しい客たちが常連の顔で居ついていた。

三杯くらいカクテルを飲んで、あっさりと店を出た。「また来てよ」と言われて「ええ」と答えても、互いにおざなりな挨拶としか聞こえなかった。

四軒回って、同じような思いを繰り返した。そうして最後に行ったクラブは最悪だった。

女性客の年齢層はすっかり下になっていた。るり子に似合いの年齢の男たちも、いないことはないのだが、そういった男たちは、パンツが見えそうな短いスカートをはいている頭の悪そうなガキ女たちに的を絞っていた。ただのスケベオヤジにしか見えなかった。るり子に擦り寄ってくる男は、年下のガキばかりで、それも誘い言葉は「おねえさん、僕と遊ぼうよ」だった。つまり、もしベッドに入るようなことがあったとしたら、帰りにお小遣いをねだろうとしているのだった。貰うのではなく払う立場に自分がなる？　そのことにまず驚いた。

何なのよ、いったい。

いつのまに、こんな扱いを受ける私になってしまったの。

すっかり酔っていた。めちゃくちゃだった。それでもまだ飲み足りない気持ちだった。いつもは陽気なお酒が、今夜はどれだけ飲んでも気持ちが塞いでゆく。こんなはずじゃなかった。こんな気持ちになりたくて飲んでるわけじゃなかった。

もう午前三時を回っていた。知ってる店はみんな回った。この時間で、開いているところはない。それでも飲みたい。まだ足りない。るり子はひとつだけ朝までやっているお店を思い出した。

入って来たるり子を見ても、文ちゃんは少しも驚かなかった。

「あーら、誰かと思ったら、あんたなの」

と、前と同じ光ったブラウスのボタンを四つはずした姿で、面倒臭そうに出迎えた。

「スコッチの水割り、ダブルでね」

「やだ、相当飲んでるでしょ」

「飲んで、悪い？」

るり子はカウンターにしがみつくように座った。

「女の酔っ払いって醜いわねえ」

「オカマの酔っ払いよりかはマシよ」

文ちゃんがボトルを取り出し、水割りを作り始めた。

「荒れてるわね。女のヒステリーは嫌いよ」

「文ちゃんは、女はみんな嫌いでしょう。敵だと思ってるんでしょう」

「みんなじゃないわよ、いい子もいるわ」

「私はいい子じゃないってこと？」

文ちゃんがマドラーの手を止めて、顔を向けた。

「まさか、自分をいい子なんて思ってるわけじゃないでしょう」

「それは、そうだけどさ」

「私が嫌いなのは、あんたみたいな女」

「私みたいなって、どんな女よ」

「強欲な女よ。あれもこれも欲しがってばかり。人の持ってるものはみんな欲しいの」

るり子は憤慨して言い返した。

「そうよ、私は、欲張りな女よ。あれも欲しいしこれも欲しいの。それのどこが悪いのよ。人はいつだって、もっともっとと欲しがる生きものでしょ。今あるもので満足しちゃったらそこでおしまいでしょう。だいたいさ、私みたいな女を嫌いになるのは、自分が欲しがっても手に入れられないからじゃない。負け惜しみよ」

「ほら、水割り」

呆れたように文ちゃんがグラスを差し出す。

「私は、自分の気持ちに正直なの。欲しいものは欲しいの。それをごまかしたりできないの。言い換えれば純粋ってことよ。そうよ、私は自分の気持ちに純粋に生きてるのよ」

その時、カウンターの奥まった席から小さな笑い声が聞こえた。

「何よ」

るり子は顔を向けた。

「いいや、別に」

男もまた顔を向ける。酔っているせいもあってよく見えない。

「あなた、今、笑ったでしょう」

「そうかな」

「笑ったわ、確かに笑ったわ。失礼だわ。私の純粋のどこがおかしいのよ」

「困った人だね、絡むつもりかい?」

「仕掛けたのはそっちだわ」

「じゃあ言わせてもらうけど、君は完全に見当違いをしてる」

美しい男だ。

「どういうことよ」

「あれも欲しいこれも欲しいっていうのは、自分の気持ちに正直なんじゃなくて、単なる欲望を抑えられないだけさ。理性ってものがない点、サル以下だね」

怒りで思わず頰が紅潮した。

「サ、サルですって」

「純粋っていうのは、あれもいらないこれもいらない、欲しいのはただひとつ。そういうことだろ」

そこで気がついた。萌がアルバイトをしている本屋の経営者だ。あの絵画のように美しいリョウという男だ。

思い出したが、走りだした感情は止めることはできなかった。

「あんたに何がわかるのよ」

るり子はくってかかった。

「女の気持ちの何がわかるっていうのよ。ホモのくせに、女のこと、わかったような口きかないでよ」

「ホモだろうと、ノンケだろうと、純粋を語るに何の支障がある？」

「あるわ、おおありよ」

「じゃあ説明してみろよ」

るり子の唇が震えた。けれども、口にできる言葉など、何ひとつ持ってはいなかった。

男は、軽蔑に似た目を向けた。

「君、今、本当は僕の意見をもっともだと思っているだろう」

「まさか、そんなわけないわ」

言い返しながらも、るり子は思わず視線を膝に落とした。

「攻撃するしか自分を守る方法を知らないのは馬鹿のやることだ」

私が馬鹿だということは、私が誰よりも知っている。たいがい綺麗と馬鹿はセット売りだ。賢くて綺麗な女はタチが悪い。そんな女よりずっと愛敬があるではないか。

けれど、馬鹿はいつまでも馬鹿のままなのだった。そうして、綺麗は消耗品だ。どんどん減価償却されてゆく。どんどん価値がなくなってゆく。

るり子はカウンターにうっぷした。

それから、拳をカウンターに打ち付けながら、声を上げて泣いた。

15

カウンターにうっぷして、すっかり寝込んでいるるり子を見て、萌は思わず息を吐き出した。

「待ってたのよぉ」

文ちゃんが、ホッとしたように肩をすくめた。

「ごめんなさい」

「まったくどうにかしてよ。もう、大変だったんだから」

萌はるり子に近付き、肩を揺すった。

「るり子、帰るわよ」

るり子はその手を面倒臭そうに払い、呂律《ろれつ》の回らない声で答えた。

「やだ、まだ飲む。今夜はとことん飲んでやる」

「もう、十分飲んだでしょ」

「まだ飲み足りない」

るり子はアルコールには相当強い方だ。男の前で作戦のひとつとして酔い潰れたフリをすることはあっても、こんな失態は見せたことがない。まさかとは思うが、信之との離婚がやはりショックだったのだろうか。

「この子ってさ」

文ちゃんが、金色のライターで細いメンソールの煙草に火をつけた。

「美人だし喋りもうまいじゃない、おまけに気は強いし。今まで自分の思い通りにならなかったことなんてなかったんでしょうね」

「何かあったの？」

「知らないわ。ただ、ここで豪快に憂さ晴らししただけ」

「悪かったわ。さあるり子、行くわよ」

しかし、すでにるり子は気持ちよさそうに寝息をたてている。

「とりあえず、座ったら」

「うん」

萌は言われるまま、スツールに腰を下ろした。

「何か飲む？」

「じゃあミルクティ。温かいのがいいな」

「そんなのあるわけないじゃない、ビールにしときなさい」

だったら聞かなければいいのに、と思う。

「しかし、あんたも難儀な友達を居候させてるわね」

文ちゃんがビールの栓を抜く。

「ま、腐れ縁だから」

「普通の女はもっと早く気がつくんだけどさ」

「何の話？」

ビールの入ったグラスが差し出され、萌はそれを口に運んだ。

「世の中、そうそう自分の思い通りにはならないってこと」

「ああ」

「それで納得するわけよ。そうか、自分は自分が思ってるほど大した女じゃないんだってことに。けど、この子ときたら、とてもそんなタマじゃない」

文ちゃんの言う通り、るり子はいつまでたってもわがままで傲慢で自惚れの固まりみたいな女だ。けれど萌は、それに呆れることはあっても、不愉快だと思ったことは一度もない。それはるり子は自分の欲求、たとえばあの男をモノにしたいとか、お金持ちになって贅沢したいとか、周りを羨ましがらせるくらい幸せになりたいとか、そんなあからさまな欲求を少しも照れたりせず、堂々と主張するからだ。

本当は誰もがそう思っている。手に入れたいと望んでいる。けれども、るり子のように口に出してしまったら、嫌われたり陰口を叩かれたり、時には軽蔑されたりする。だから、賢い生き方の手段として、ひっそりと胸の中にしまいこんでしまう。私は無欲に生きてます、私みたいな者が大それた望みなんか持つはずがありません、小さな幸せでいいんです、分相応でいいんです、形ばかりの謙虚なセリフを口走って。

もし、るり子がそんな殊勝な女になったらどうだろう。萌は思わず首を振る。百万倍も不気味だ。

「ま、そういうとんがった女もたまにはいいけど」

そう言って、文ちゃんは口元を少し緩めた。

「ごちそうさま。じゃあ行くわ。えっと、支払いは？」

「リョウが払って行った」

萌は思わず目を丸くした。

「え、リョウさん？」

「そう。あんたが迎えに来る少し前まで、ふたりで散々やりあってたのよ」

「そう、じゃあ明日謝っとかなくちゃ。じゃ私のビール代」

「一万円」

「ええっ」

「嘘よ。お代はいいからとっととその子を連れてって」

「ありがと」

それから、萌は今度はいくらか乱暴にるり子の肩を揺らした。

「ほら、るり子、立つ」

るり子はようやく目を覚ました。

「あー萌だ」

「帰ろう」

「うん」

今度は子供みたいに素直に頷き、

「ねえ萌、私にはもう萌だけ。男なんかいらない。萌だけがいればいい」

と、抱きついて来た。るり子の柔らかくて大きな乳房が萌の胸にぴたりとくっつく。同性ながらちょっとどきりとする。

「わかった、わかった」

「みんなして、私が悪いって決め付けるの。私のどこが悪いのよ。悪いのは、私を幸せにできない男の方じゃない」

「うんうん。るり子、ほら、ちゃんと立って」

「特にあのリョウって男、あれは何なのよ、何様なのよ。ああいう奴、大嫌い。やけに世の中のことわかったような顔をして説教なんかするの。ちょっと美形だからって自惚れてるの。オカマのあいつに、女の何がわかってるっていうのよ。冗談じゃないわよ」

文ちゃんが、呆れ顔をカウンターから覗かせている。

「じゃ、ありがとう」

店を出ると、すでに明け方に近い時間だというのに街はまだ賑わっていた。カップルが、と言ってももちろん男同士だが、ぴたりと寄り添いながら萌とるり子の横を擦り抜けてゆく。明け方の街は、何でも許してくれそうな気がする。

ありがたいことに、この時間帯だとタクシーも空車が多く、すぐに手を上げて、萌はるり子を押し込んだ。

もちろん、翌日はレジ前で居眠りばかりしていた。

今にも雨が降りそうな雲行きのせいか、あまり客が来ないのがラッキーだった。けれども、本屋にとって雨は大敵だ。降ってくれれば、傘を持ち込む客には表の傘立てに差し込んでくれるよう頼まなくてはならないし、濡れた服や鞄から落ちる水滴にも気をつけなければならない。居眠りしながらも、空の様子には気を遣った。

携帯電話が鳴りだした。柿崎だ。

「元気？」

柿崎の声はいつも柔らかくて耳に心地いい。声の質は会話の中でとても大事な役割を果たすものだと、柿崎の声を聞くといつも思う。

「うん、元気」

「雨、降ってきたね」

「こっちはまだよ。でも、今にも降りだしそう」

「そういうの、何かいいな」

「どうして」

「繋がっているって感じがする」

萌は戸惑う。愛していると言われるより、ずっと切ない気分になる。

「この間の話だけど」

「どうする？」

「ええ」

温泉のことだ。温泉に出掛けるのは構わない。柿崎と山間の静かな宿で、ゆっくり過ごすのも悪くないと思っている。

けれども、それだけでは終わらないということも萌にはわかっていた。きっと、始まってしまう。柿崎とはすでにベッドの関係もあるのだから、今更そんな言い方はおかしいかもしれないが、萌は感じていた。今までと違う何かがきっと始まる。

今はまだ、柿崎に向いているのは体の半分だ。いつでも、たとえば急に柿崎の髭の剃り残しが生理的にイヤだと感じたら、するりと身を翻してしまえる。何事もなかったように、柿崎と出会う前の自分に戻ることができる。けれども始まってしまったら、全身で柿崎を見つめてしまうようになるかもしれない。鼻からちらりと覗く鼻毛だって愛しく見えてしまうようになるかもしれない。

本当にそれでいいのか、萌には自信がなかった。そんなふうに、男と正面から向き合うことなど、もう長い間していなかった。

「ごめんなさい、実はまだちょっと迷ってる」

「そうか」

「今度、私から連絡するわ」

「無理強いするつもりはないんだ」

「わかってる」

「ただ」

言ってから、柿崎は言葉を途切らせた。電話の沈黙は、顔を合わせている時とは違う特別な意味を持っている。

「僕の気持ちはもう決まってるから」

嬉しくないわけではなかった。柿崎のことは好きだ。その思いにまで、わざわざ難癖をつけるつもりはない。それでも、萌は戸惑っていた。

「じゃあ」

電話を切ると、いつの間にか雨が降り始めていた。埃っぽいアスファルト道路に丸いシミが重なってゆく。柿崎がすぐそばにいるような気がして、少し体温が上がった。

それから三日ほどして、店にるり子が現われた。

「どうしたの。今日、面接じゃなかった？」

「その帰り。ちょっと時間があったから、寄ってみたの。相変わらず、変態ばっかりの店ね」

るり子は奥でいちゃいちゃしながらゲイ雑誌を覗き込んでいるカップルに目をやった。

さすがに面接とあって、紺色の膝丈のテーラードスーツを着ている。いつもの格好とはまったく違うが、これはこれでよく似合うから笑ってしまう。

「それで決まりそう？」

「ふん、あんな会社、こっちから断ってやったわよ。面接官を見て、どんなアホの会社かすぐわかったもの」

萌はカウンターに頬杖をつき、上目遣いでるり子を眺めた。

「ねえ、思い切ってヨリを戻したら。信之、まだ離婚に同意してないんでしょう」

るり子は憤慨した顔つきになった。

「まったくあいつときたら、今になってぐだぐだ言い出すんだから、頭にきちゃう。判子をなかなか捺《お》さないのは、慰謝料を値切ろうって魂胆なのよ。あんな男とは思ってもみなかったわ」

「違うって、信之はるり子と別れたくないのよ」

「あんな頭の悪い女と浮気しといて？」

それを言われると言葉に詰まる。

「まあ、そうかもしれないけど」

「それよりさ」

言いながら、るり子は店の中を見回した。

「何？」

「あいつは？」

「あいつって？」

「ほら、ここのオーナーのオカマよ」

「ああ、リョウさん、今日はまだ来てないけど」

「ふうん」

「リョウさんに会いに来たの？」

「そういうわけじゃないわ。ただ、この間の文ちゃんとこの支払い、あいつがしたんでしょう。やっぱり返そうと思ってさ」

「あれはリョウさんの奢《おご》りだって」

「そうだけど、借りがあるみたいでやっぱり気分が悪いのよ」

萌は改めて、るり子を見上げた。

「るり子が男に奢られるのをいやがるなんて、どういう風の吹き回し？」

「男じゃないでしょ、オカマでしょ。オカマに奢られる筋合いはない」

るり子はきっぱりと言った。

「ま、でも、いないんならいいわ。私、行くわ。もう一社、人事部長と会うことになってるの。だから今夜の晩ご飯は崇くんとふたりで食べて」

「わかった。頑張ってよ」

「うん、じゃね」

るり子は手のひらをひらひらさせて店を出て行った。


駅前の吉野家は、ちょうど夕飯時ということもあって、学生やサラリーマンでいっぱいだった。仕事を終えて家に帰ると、ご飯を作る元気はなく、それは崇も同じで、仕方なく崇と一緒に出て来た。

「柿崎さんのこと、どうするの？」

隣で崇が〝大盛り汁だく生玉子つき〟の牛丼をかきこみながら尋ねた。

「何で知ってるわけ？」

「るり子さんに聞いた」

「まったくるり子ときたら」

「柿崎さん、いい人だよ」

「知ってるわ」

「すみません、味噌汁おかわり」

萌はその祟の食欲につい見惚れてしまう。

胃腸は丈夫な方で、学生の頃はラーメン炒飯セットなんてものも平気で食べていた。それがいつのまにか、ラーメンのスープを半分も飲めなくなった。ちょっと油の強い炒飯だと、後で気持ち悪くなってしまう時もある。それだけでなく、かつてはあれだけ食べても太らなかったのに、今はカロリーオーバーするとてきめんだ。

大人になったら燃費のいい身体になる、と聞いたことがある。少し食べて十分動ける。まさにそうらしい。こうして若い祟を前にしているとつくづく思う。

いつのまに変わってしまったのだろう。いつのまにラーメンと炒飯を一緒に食べられなくなってしまったのだろう。変わったのは、たぶん、身体だけではない。

「柿崎さん、離婚するんだろ」

「まあね」

「じゃあ、問題ないじゃない」

萌は白菜の漬物を口にした。ちょっとしょっぱい。塩分が気になる。昔は、そんなことも気にしたことはなかったのに。

「別に、離婚してなくても私は構わないわ。誰かを好きになる時、何もかも条件が整ってるわけじゃないってことを知ってるくらいは、もう大人だもの」

「だったら尚更、温泉でも何でも行けばいいじゃない」

「問題は、温泉じゃないのよ」

「じゃあ何？」

萌は牛丼を口に運んだ。冷めると、あまりおいしくない。味噌汁で喉に流し込んだ。

「男を信用していない、前にそう言ったよね」

崇が言った。

「そうだっけ」

「初めて会った時だよ、男は嫌いじゃないけれど信用してないって。柿崎さんも信用してないんだ」

「そんなことないわ」

「だったら、どうしてだよ」

「それはね、彼を信用してないわけではなくて」

信用してないのは自分だ。柿崎と始まって、それからどうなるのか。柿崎のことをちゃんと愛せるかどうか。そんな自分でいられるか。

萌は無意識に首を振った。

「その話はもういいわ。十五の君に言われるとやりきれなくなる」

「もうすぐ十六だよ」

「どっちでも同じことよ」

後は最近のゲームの話をして、吉野家を出た。駅前は人が多い。こうして崇と歩いていると、どんなふうに見えるだろう。姉と弟。年下の恋人。もしかしたら、若いツバメに見えるかもしれない。

その時、不意に目の前に車が止まった。スモークされた窓が開き、女性が顔を覗かせた。

「崇くん?」

萌と崇は同時に足を止めた。美しい女性だ。四十は過ぎているかもしれないが、肩にかかった髪が艶やかにブローされている。見るからに仕立てのよさそうな淡いクリーム色のスーツを着ている。

「ああ、やっぱり崇くん」

女性の目が驚きに満ち、大きく見開かれる。ドアが半分開かれた。

その瞬間、崇が萌の手を摑んで、猛然と走りだした。すれ違う人にぶつかる。萌の足がもつれる。

「待って、崇くん、お願い、話だけでも」

背後に聞こえる叫ぶような女性の声は、またたくまに喧騒にまぎれていった。

「ちょっと待った、息ができない」

路地に入り込んで、萌はようやく崇の手を振り切った。崇の足が止まった。萌は前かがみになり、膝に手をついて、肩で息をした。

「あれ、誰?」

「知らない」

「な、わけないでしょう。誰よ、ちゃんと言いなさいよ」

崇はしばらくふてくされたような顔で空を見上げた。

「言わなきゃ、私、あの人のところまで戻るわよ」

「オヤジの奥さんだよ」

崇が短く言った。

「嘘でしょう」

萌は思わず惚《ぼ》けた口調で尋ねた。

「嘘じゃないさ」

「だって」

あの人が崇をむりやり押し倒した継母だと言うのか。あの綺麗で上品そうな人が？　まさか。

萌は息を吐き出した。

「君が家出少年だってこと、忘れるところだった」

「悪かったな」

「そろそろその時が来たのかもしれないな」

「その時って何だよ」

「いつまでもこのままってわけにいかないってことは、君だってわかってるでしょう」

崇は足元に視線を落とす。背は萌より頭ひとつぐらい大きいが、その肩がどこか頼りなく見えて、ふと愛しくなる。

「とにかく帰ろう」

「うん」

崇は素直に従った。

行くことに決めた。

頭の中でごちゃごちゃ考えるより、とにかく行ってみればいい。柿崎とたくさんセックスして、それからまた考えたって手遅れというわけじゃない。

それを伝えるために、夜、柿崎の携帯に電話した。

「あ、私」

自分の声のトーンがいつもと違う。何だか妙にどきどきして、高校生に戻ったみたいな気がする。

「ああ」

柿崎は短く答えた。けれども、その声にはいつもの柔らかさがなかった。

「今、まずかった？」

「いや」

「後で掛けた方がいいならそうするけど」

「実は」

その時、柿崎の声に重なるもうひとつの声があった。

あなた、とその声は言った。もちろん、女の声だ。

萌の喉の奥で息が止まった。

柿崎の手で受話器が抑えられる。けれども悲しいくらい感度がいい携帯電話は、ちゃんと会話を拾っている。

今、行くよ。ああ、仕事の電話だ。すぐ終わるから。

海の底で聞くように、萌はそれを耳にした。

「ごめん」

続きを聞かなくても、もうわかっていた。

「実は、妻が帰って来た」

言わなくてもいいことを、ちゃんと告げるほど柿崎はまっとうな男だ。

「みたいね」

「どういうわけか、もう一度やり直したいって言っている」

「そう」

ふっと、笑いたくなった。物事が悪く回り始めた時の自分の悪い癖だ。

「また、明日改めて掛けるよ。とにかく今夜はごめん。それじゃ」

萌のさよならの声も聞かずに、柿崎は電話を切った。

16

「あら、あんたまた来たの」

カウンターの中から呆れたように文ちゃんが顔を向けた。もちろんるり子は無視して、スツールに腰を下ろした。

「今週に入ってからもう三度目じゃない」

「いいでしょ、失業中でヒマなんだもの。ブラントン、ソーダ割りね」

目の前で文ちゃんがそれを作り始める。るり子は小指の立ったその手をぼんやりと眺める。

「この店の何が気に入ったのやら。うちに来たって男なんか見つからないわよ」

グラスが前に差し出された。

「わかってる。だから来るの。男の目を気にしなくて飲めるのって気楽だしね」

「よく言うわ、そういうのが好きなくせに」

「鬱陶しい時もあるわ」

文ちゃんはいつもの通り、ぴかぴかのブラウスを着ている。今夜は鮮やかなレモン色だ。

「前から聞きたかったんだけど」

ひんやりと刺激的な液体を喉に流し込んで、るり子は尋ねた。

「何?」

「どうしていつもボタンを四つはずしてるの?」

文ちゃんは、少しも動ぜず答えた。

「乳首がよく見えるようによ。このピンク色で毛が一本も生えてない乳首が、私の自慢なの。ね、可愛いでしょう」

文ちゃんはブラウスをはだけて、わざわざそれをるり子に見せつけた。思わずるり子は顔をしかめた。

「そういうの見て、嬉しがる男がいるわけ?」

「いないこともないわよ。でもね、いようがいまいが、そんなことはどうでもいいの。私は誰かを嬉しがらせるためにしてるわけじゃないもの。私が嬉しいからしてるんだもの」

るり子は文ちゃんをゆっくりと眺めた。

「何か文句ある？」

「ううん、それいいなって思ったの。誰かのためじゃなく、自分のためにやってるっていうの」

「ふん、今日はやけに殊勝じゃない」

るり子はグラスを目の高さまで持ち上げた。文ちゃんの丸顔が淡い狐色の液体の向こうで揺れている。

「何だかさ、最近、男にウケを狙うのいやになっちゃってるのよね」

「あら、あら」

「別に、ウケなんか狙わなくたって私はモテるわよ。それはわかってるの。でも、ついサービスしちゃうのよ。こうすれば相手が喜ぶだろうなってこと、どうしてだかわかんないけどやっちゃうの」

文ちゃんはその太めの首をゆっくりと前に突き出した。

「あんたさ、親に関心持ってもらえなかった？」

るり子はグラスを口に運んだ。

「愛想を振りまいたり、拗《す》ねたり、泣いたり、そういうことしないと、ちゃんと自分を見てもらえなかったんじゃない」

「どうかな」

「そういう子供時代を過ごすと、あんたみたいな子が育つのよ。えっと、そういうの何て、言ったっけ」

「トラウマってやつ？」

「そうそう、それ」

るり子はぼんやり両親の顔を思い浮かべた。ふたりは互いに仕事を持ち、恋人をつくり、自由を何より尊重し、妻と夫より、父と母より、個人としての生き方を今もなお全うしている。この年になれば、それなりにふたりの生き方を理解できるようになったが、まだ他人の家族の形態が気になってい た頃は、どうして離婚しないのだろう、どうして子供をつくったりしたのだろうと、不思議に思えてならなかった。

他の家庭とは確かに違っていた。関心という点でも薄かったろう。けれども、何もかもを親から受けたトラウマという形で解決してしまうつもりはない。だったら世の中のいろんなこと、たとえば男と手当たり次第に寝るのも、つい万引きしたくなるのも、かっとして暴力を振るうのも、ひいては人を殺すのも、みんなトラウマが原因しているということで終わってしまいそうな気がする。

周りから優しく、大切に扱われるだけの過去なんてあるはずがない。悪意はいつだってはびこっていて、みんなそれに晒されてきた。完璧な親なんかいない。親だって、四苦八苦しながら生きている。その親も、逃げ場がなくなれば自分もトラウマを背負っていると告白し始めるだろう。結局は責任のなすりあいだ。

「私、嫌いよ、そういうの」

ほんのちょっとしたことに傷ついて、それを旗印みたいに掲げて、ぬくぬくした場所に逃げ込もうとする。ふかふかの布団でばかり寝ていたら、背骨が曲がってしまう。柔らかいものばかり食べていたら、歯槽膿漏になってしまう。

「いいじゃないの、そういうことにしときなさいよ。そうすれば話は簡単なんだから。私、みんなに言ってるのよ。私がこんなになっちゃったのも、小学校の頃に、近所のお兄ちゃんにイタズラされたからだって」

「そうなの？」

文ちゃんは歯茎を見せて笑った。

「アホくさ、そんなわけないじゃない。私は、私の意志でこうなったのよ」

ドアが開いた。

「あら、いらっしゃぁい」

文ちゃんが、るり子に向けるのとは全然違うトーンの声で出迎えた。

ドアの前にはリョウが立っていた。そこだけ空気が冷えたみたいにしんと静まり返っている。

「リョウ、こっち来て座ってよ。この子の隣」

文ちゃんが手招きした。リョウがいくらか眉を寄せる。

「なんで」

るり子は短く抗議した。

「ね、早く、こっちこっち」

それから文ちゃんは素早く小声で囁いた。

「いいから、座らせてよ。リョウをひとりで座らせとくと、次から次と男が寄って行って気が気じゃないの。あんたの横だったら、誰も近づかないからさ」

なるほど、文ちゃんの恋心もいろいろと気遣いが必要らしい。リョウが近づいてきた。

「こんばんは」

るり子が言う。リョウもまた「こんばんは」と答える。けれども、どうでもいいような目をしている。当然だが、るり子がどんな服を着ているかも、どんな口紅をつけているかも、まるで興味がない目だ。

「ジン。ライムをたっぷり絞って」

るり子は腹が立っている。そうされても仕方ない男だとわかっていても、その尊大で、るり子に少しも興味を向けず、敬意も払わないところが、どうにも神経を逆撫でする。

文ちゃんがその雰囲気を察したらしく、不意にこんなことを言い出した。

「前から思ってたんだけど、あんたたちってどこか似てるわ」

「私たちが?」

るり子は思わず目を丸くした。

「そう、似てるわ」

「どこが」

「そうねえ、どこがって言われるとねえ。ねえリョウ、この子にあの話してあげてよ」

リョウが目線だけ文ちゃんに向けた。

「ほら、中学の時のナイフの話よ。あの話聞いたら、きっとわかるわ」

文ちゃんがジンの入ったグラスをリョウの前に置いた。ライムの香りが粒子のように漂い、空気が清潔になったような気がする。新しく客が入ってきて、文ちゃんはその接待に離れていった。

「何なの? そのナイフの話って?」

「別に大した話じゃないさ。あいつがひとりで面白がってるだけ」

「でも、聞きたい」

リョウはいくらか面倒臭そうに肩をすくめたが、やがてるり子の催促の目に負けたのか、話し始めた。

「中学生の頃、僕はクラスで完全に浮いた存在だったんだ。自分が女の子に興味を持てない人間だってことはもうわかっていた。だから男とも女ともうまく馴染めなかった。でも、女の子の方は僕に興味があって、手紙とか電話とか、よくもらったよ。クラスでいちばん人気のある女の子も、僕のことが好きだった」

「ふうん」

何だ、自慢話じゃないかと、るり子はいくらか鼻白んだ。

「だから男たちの反感はすごかったな。その中でもひとり、僕を目の敵にしている男がいた。よくある話で、そいつは彼女が好きで、僕に嫉妬してたというわけさ。何かにつけて僕に言いがかりをつける。時には、上履きを捨てたり教科書に落書きしたり、結構、悪質なことをされた。けれど、そうすればするほど、彼女は僕に同情し、関心を深めるわけだ。あいつは悔しかっただろうと思うよ。しばらくして、そいつの大事にしていたナイフがなくなった。柄が鹿の角で細工された、そいつの自慢の宝物さ。そして探した結果、それは僕の鞄の中から出てきた」

るり子は思わず、リョウの顔を見つめた。

「はめられたの？」

「そう思うかい？」

「その男の子が、彼女の気を惹こうとしてやったのね。よくある話だわ。あなたを犯人に仕立てて、失望させようと」

と言ってから、るり子はかすかに笑うリョウの表情に目を奪われた。リス色の穏やかな目の奥に、どこか挑発するような、人を食ったような輝きを感じた。

「もしかして」

「ああ」

リョウが頷く。

「そうだよ。犯人は僕だ。そのナイフ、前から狙ってたんだ」

一瞬、声を詰まらせ、それからるり子は笑い出した。

まったく、このリョウという男ときたら。

そうして文ちゃんの言う通り、確かに自分と似ているところがあるかもしれない、と感じていた。


「いい加減にしなさいよ」

頭上で萌の声がしている。

「毎晩、明け方まで遊び歩いて。そんなことをしている場合じゃないでしょうが。仕事はどうなったの、信之とはどうするの」

夢うつつで、萌に叱られるのも悪くない。ちっともこたえない。というより、るり子はぼんやりしていた。夜遊びがたたっているということもあるだろうが、気持ちがどこかうまくまとまらない。固まりきらないゼリーみたいにぷるぷる揺れている。

「まったく、あんたときたら何を考えてんだか。少しは危機感を持ちなさいよ」

寝たふりをしていると、やがて萌はいつもの通り、本屋にアルバイトに出掛けて行った。

萌はいつだって律儀だ。小さい時からるり子と違って、自分の在り方にちゃんとルールを持とうとしている。

それからまた眠ってしまったのか、それとも記憶が勝手に巡りだしたのか、よくわからないが、るり子は短い夢を見た。

小学生の時のことだ。学校で飼っていた兎が犬に襲われたことがあった。誰かが、夜中に犬を放り込むという、信じられないようなタチの悪い悪戯をしたのだった。

飼育係は結構人気のある係で、クラスの誰もがやりたがった。それでも、犬に嚙まれて耳が半分しかなかったり、足が皮一枚残してぶらんとしている兎は、昨日まで愛らしく草を食べていたのと同じ生き物には到底見えず、誰もが気持ち悪がって檻の中に入ることができなかった。

るり子だってもちろんそうだ。汚いものは大嫌いだ。毛皮ならいいけれど、血まみれでばらばらの兎なんかどうして触れるだろう。

始末をしたのは萌だった。飼育係でもないのに、萌は新聞紙を持って小屋に入り、指先を血で染めながら兎の死体を集めた。

周りの生徒たちはしばらくぼんやりと萌の行動を眺めていた。そうしているうちに、男の子のひとりが萌をはやしたてた。

「おまえ、よくそんな気持ち悪いことやれるな。ゾンビだろ」

飼育係の男の子だった。絶対になりたいと、強烈に自薦した子だ。萌はゆっくりと小屋から出て、その男の子の前に立ち、それから強烈にビンタした。

「ふん、臆病者が」

女が女に惚れるというのはこういう時だ。


昼も過ぎた頃にようやく布団から抜けてリビングに行った。

「あれ、崇くん、バイトじゃないの？」

崇が洗濯物をたたんでいた。

「今日は定休日」

「ふうん」

「朝ご飯、食べる？」

「ううん、コーヒーだけでいい」

崇が持って来てくれる。生活費をいちばん出している特権とはいえ、若い男の子がサービスしてくれるのは気持ちいい。こんな生活ができるなら、ヒモを養ってもいいかなと思ってしまう。

新聞を広げながらコーヒーを飲んだ。それから思い出して、顔を上げた。

「そうだ、崇くん、継母と会ったんだって？」

「まあね」

他人《ひと》ごとのように崇は答える。

「萌も言ってたよ、そろそろ帰った方がいいんじゃないのかなって。確かにこのままじゃ何の解決にもならないもんね」

「るり子さん、結構、常識的なこと言うんだ」

「私は、他人に対しては常識的なの」

「わかってるんだけどさ」

それから崇はたたんだタオルを洗面所に持って行った。

「ふんぎりがつかないんだ、今の生活も何か楽しいし」

声だけが聞こえる。

「それは私も同じよ。このまま三人で暮らしてゆけたらいいのになぁって思ってるわ」

るり子は新聞を広げる。政治も経済も興味はない。求人欄に目を通す。そしてため息をつく。ロクな仕事はない。ちょっといいなと思うのは新卒と書かれてある。

「あのさ、萌さんのことなんだけど」

「萌がどうかした？」

新聞に目を落としたまま答えた。

「柿崎さんと何かあったみたいなんだ」

「何かって、何？」

「あのふたり、ダメになっちゃうかもしれないよ」

さすがにるり子は新聞から顔を上げた。

「なんで」

「離婚するはずだった奥さんが帰って来たみたいなんだ」

「立ち聞き？」

「たまたま電話が聞こえちゃったんだよ。こんな狭い家なんだから、しょうがないだろ」

「ふうん……」

るり子は息を吐いた。どういうわけか、萌はあまり男運がよくない。萌自身が、恋愛に関してなかなか腰を上げないタイプだということもあるが、ようやくその気になると、たいがい思いがけないトラブルに巻き込まれる。今しがたまで柿崎の離婚は決定的だと思っていた。萌もようやく正面から向き合う相手が現われたと思っていた。

柿崎は悪い男じゃない。ちゃんと新聞を一面から読んでゆくようなまっとうな男だ。だからこそ、愛とか恋よりも、世の中の仕組みの中で生きようとするところがある。つまり何かを選ぶ時、結局はそこいらの男と同じになってしまう可能性があるということだ。

「もしそうなったら、萌さん、ますます男を信用しなくなる」

るり子は戻ってきた崇を振り返った。崇が言っていることはすぐにわかった。

「知ってるんだ、あのこと」

崇は少し狼狽《うろた》えた表情をした。

「え、あのことって」

「決まってるわ、あのことよ」

「まあ。初めて会った時、ちょっと聞いたんだ」

「昔のことよ。あんなの大したことじゃないわ」

るり子は新聞をばさばさと畳んだ。

「あんなことが、萌の傷になってることさえ私は許せないって思ってる」

それから、短く息を吐いた。

「あの時、萌はあの男がものすごく好きだったの。萌が自分から好きな人ができたと私に言ったのなんて初めてだったわ。それなのに、あの男ときたら、萌の気持ちを踏みにじったのよ。萌があんなに泣いたの、後にも先にもあれが一度だけ。今、思い出しても腹わたが煮えくり返る」

「もし、柿崎さんが萌さんを傷つけたりしたら僕は許さない。その昔の男が現われたら、半殺しにしてやる」

崇は男の顔をしていた。

その瞬間、つるっと皮がむけたみたいに、崇の心が見えたような気がした。

「何だ、崇くん、萌のこと好きなんだ」

「え？」

崇はしばらくぼんやりしたようにるり子を見つめ返したが、すぐに首を振った。

「まさか」

「どうして」

「そんなわけないだろ、あるはずがないじゃないか」

「だから、どうして」

「僕と萌さん、どれだけ年が違うと思ってるんだ」

「人を好きになるのに、そんなことが関係ある？」

崇は黙った。

たぶん、今、いちばん驚いているのは崇自身だろう。自分の気持ちに面食らっている。そして混乱している。恋はいつだって不意打ちだ。だからこそ、足を滑らしたみたいにすとんと落ちてしまう。

るり子は微笑《ほほえ》ましく思った。正直言うと、ほんの少しだけ嫉妬していたが、それが本当にほんの少しだけだったことでもっと嬉しくなった。

「そうよ、人を好きになるのにそんなこと何の関係があるのよ」

もう一度言ってから、るり子はふと感じた。これは何も崇だけに言ってる言葉じゃない。


「私、あなたが好き」

リョウは異国の言葉を聞いたみたいに、困惑した表情でるり子を見つめ返した。

「酔ってるの？」

「少しね。でも、自分が何を言っているかわからないほどは酔ってないわ」

「何て答えればいいんだろう」

「何とでも」

「僕が、女の子を愛せない男だってことは知ってるよね」

「もちろん」

「だったら」

「人を好きになるのに、そんなこと何の関係があるの？」

るり子は自慢するかのように、胸をいくらか反らして答えた。

「君はそう言うけど」

「そのままのあなたが好きなの」

「まいったな」

「でも、好き」

カウンターの中で、さっきから文ちゃんがマドラーとグラスを手にしたまま、ストップモーションがかかったみたいに硬直している。

「好きよ、すごく好き。今までの男たちがみんな霞んでしまうくらい好き。大好き」

るり子は言葉にすればするほど、自分の気持ちがはっきりと裏付けられてゆくような気がした。

「冗談じゃないわよ」

カウンターの中で、文ちゃんが金切り声を上げ、グラスを床に落とした。

17

駅を出て、いつものように家に帰る道を歩き始めてから、萌はふと足を止めた。見覚えのある車が停まっていた。萌は慌てて背を向け、近くのパチンコ屋に駆け込んだ。

停まっているのは間違いなくこの間見た崇の継母の車だった。この辺りにいると目星をつけて、探しているのだろう。

車に警官が近づいて行った。相当前から停めていたに違いない。声は聞こえないが、移動するように注意されているようだ。車は動き出したが、すぐに停まった。後部座席のドアが開き、真っすぐな足が覗いた。継母が車を降りてきた。

車はそのまま発進して行ったが、彼女はその場に立っている。どうやら、ひとりで崇を見つけようということらしい。

萌はしばらくその様子を眺めていたが、さすがにパチンコ屋に長居するわけにもいかず、気づかれないよう顔を伏せて外に出た。

商店街を抜ける時、肩ごしに様子を窺うと、必死の表情で道行く人々を目で追っている姿が目についた。見てはいけないものを見てしまったような気がして、萌は足早にその場を離れた。

部屋に帰ると、崇はすでに戻っていて、夕飯を作っていた。

「おかえり、今夜はビーフストロガノフだよ。それにハーブサラダ」

呑気にキッチンから声を掛けてくる。

「僕、最近思うんだ。これなら主夫として十分生きてゆけるって」

「あの人、駅前にいたわよ」

萌はソファに腰を下ろして言った。しばらく時間があって、崇は答えた。全然見当はずれの答えだ。

「すぐ食べる？」

「もしかしたら、あれからずっとあそこで待ってるんじゃないのかしら」

「シャワー浴びてからでもいいよ」

「君も、そのこと知ってるわよね。そうよね、駅使ってるんだもの、もちろん見てるわよね」

「ビールにする？　それともチューハイ？　冷酒もあるけど」

萌はソファから立ち上がり、声を高くした。

「ちゃんと聞きなさいよ、ちゃんと話してるんだから」

キッチンの中で、背を向けたまま崇は答えた。

「ここを出てゆけって言うならそうするよ。僕はどうせ居候の身なんだから」

「そういうこと言ってるんじゃないでしょ。いくらひどい継母とは言え、あの姿を見て何か思わないの？」

「全然」

返事はあくまで素っ気ない。

「でもね、いつまでもこのままではいられないわ」

崇は不貞腐《ふてくさ》れた顔をした。

「わかってるよ、それくらい。僕だってそれなりに考えてるさ」

「本当に？」

「当たり前だろ」

翌日も、萌は駅前に立つ継母の姿を見た。その翌日も、またその翌日も彼女は同じ場所に立っていた。

午後から降りだした雨が、ベージュのパンプスの色をすっかり変えていた。疲れがその表情から見てとれた。美しい人には違いないが、頬には翳がさし、目の下が窪んでいた。それでも見逃すまいと、道行く人を必死に追っている。

萌はいつものように背を向けて歩き始めた。けれども、どうにも気持ちが塞いだ。崇が考えると言っている以上、その意志は大事にしてあげたいと思う。まだ十五歳でしかないが、十五歳だった自分を思い返せば、周りが思うほど子供ではなかったことは十分承知している。

最近、三人での生活にすっかり慣れて、毎日を快適に暮らしている。どころか、このままも悪くないと思い始めている自分がいる。しかし、間違いなく崇はまだコンビニの前に自転車を止め、座り込んでポテトチップスとカップラーメンを無心に食っているような高校一年生なのだ。こんな生活が続くはずがない。許されるはずもない。

そして何より、崇の姿を追い求める彼女の姿に心を揺すぶられるのだった。ひどい継母であることは崇から聞いている。ひどい継母だと萌も思う。しかし、彼女も相当参っている。そのことは、疲れ切った様子から伝わってくる。

萌は足を止めた。いったん止めると、動かなくなった。

それからゆっくり振り返った。


「考えるって言ったわよね」

「また、その話かよ」

うんざりしたように崇はそっぽを向いた。

「それで、結論はいつ出るの」

「まあ、いずれ」

「いずれっていつよ」

「しつこいなぁ」

「時間を区切りなさい」

「時間？」

「そう。考えるのに必要なのはどれくらいの時間？　一週間？　十日？」

「ちょっと待ってくれよ、急にそんなこと言われても」

「急じゃないでしょ。この間も話したでしょう。いいから区切りなさい、どれだけかかるの」

きっぱり言うと、崇は口の中でぶつぶつ呟いた。

「まあ、少なくとも十日くらいは……」

「そう、わかったわ、十日ね。その時、これからどうするかちゃんと考えを聞かせてね。約束だからね」


翌日、バイトを終えて近くのファミレスに向かった。

午後にるり子から電話があって、呼び出されたからだ。ドアを開けると、奥の席にるり子と信之が座っているのが見えた。

「ここよ、萌、ここ」

るり子が手を振る。

「なあんだ、結局はヨリが戻ったんだ」

椅子に腰を下ろして呆れながら言うと、信之がテーブルにうっぷして肩を震わせた。

「違うの？」

萌の動作が一瞬止まる。

「実はね、信くんがまだ離婚届出してないって弁護士から聞いたの。で、直接最後の話し合いをしようと思って。どうせなら、萌にその立会人になってもらいたくて」

「勘弁してよ」

思わず萌は憂鬱な息を吐き出した。

信之が思い詰めた顔を上げた。頬がこけて、顔色も悪く、可哀相なくらいやつれている。

「僕はいやだ、別れたくない。お願いだ、るりちゃん、別れないでくれ。萌さんからも説得してくれないか」

半泣きで信之が言う。それを、まるで子供をあやすような口調で、るり子は首を振った。

「でもね、信くん、浮気したのは信くんなの。そのこと忘れないで」

「ものすごく反省してるよ。僕がバカだった。二度としないと誓うから、もう一度チャンスをくれないか、お願いだから」

信之が涙目で哀願する。

「気持ちは嬉しいんだけど、もう決めちゃったから」

るり子のあまりにあっさりとした対応に、萌は信之に同情した。

「るり子、信之もこれだけ反省してるんだから今回は許してあげたら？　サッカーだって一回目のイエローカードはＯＫなんだから」

るり子はずるずるとトマトジュースを飲みながら上目遣いで萌を眺めた。

「私、サッカー知らないもの」

「でも、このまま信之と離婚してどうするのよ。ちゃんと自分で自分の面倒見られるの？　仕事だって決まってないのに」

「仕事は決めたわ」

涼しい顔でるり子が言った。

「あら、いつのまに」

「前にちょっと話したじゃない、青果市場の倉庫の入荷チェック、あれに決めたの」

萌は驚いてるり子の顔を見直した。

「だってるり子、あんなダサイ仕事を紹介されたって怒ってたじゃない。絶対にスーツにケリーバッグ、七センチのパンプスで通う会社じゃないといやだって」

「もちろん、その格好で通うわよ。別に青果市場の倉庫だからって、通勤着が決まってるわけじゃないし」

それからるり子は信之に向き直り、バッグを開いてキャッシュカードを取り出した。

「だから信くん、これ返すわね。もう信くんのお給料を当てにしなくてもよくなったから」

「いや、でも……」

「それから慰謝料のことだけど、くれるって言うならもちろん貰うけど、もしそのことがあって離婚に合意するのを渋ってるなら、いいわ、いらないから」

信之が絶句している。萌だって同じだ。

「どうしちゃったのよ、いつものるり子なら、取れるものは情け容赦なくぶん取るじゃない。慰謝料いらないですって、その無欲は何なの。新興宗教にでも入信したの？」

るり子はくくっと鳩みたいに喉の奥を鳴らした。

「やあねえ、違うわよ。早い話、意志のあらわれってこと。これで信くんにもわかってもらえると思う。私の決心がどんなに堅いか」

信之は黙った。涙も止まってしまったみたいだ。こんなるり子を、今まで見たこともないだろう。萌だって同じだ。損することは絶対しない。いつだって、るり子は自分の得のためにしか生きたことがない。そういう女だ。

さすがの信之もそれで覚悟がついたらしい。

「そうか、わかった。本当にもうダメなんだってことがよくわかったよ」

それからもそもそした動作で、ジャケットの胸ポケットから離婚届を取り出した。

「ここでサインをして判子を捺すから、るりちゃん、役所に出してくれないか」

「わかったわ」

信之が水性ペンで名前を書き込み、判子を捺す。その様子をるり子は満足気に眺めている。

萌はまだ疑っていた。絶対に裏に何かあるに違いない。でなければ、お金なんかいらないなんて言うわけがない。前の二度の離婚も、相手から搾り取れるだけ搾り取った。こんなに離婚を急ぐということは、すでに金持ち男をゲットしているということだろうか。もちろんその可能性は十分に考えられる。

信之は書き終えた離婚届をるり子の前に差し出した。るり子はそれを受け取ると、信之に天使みたいにほほ笑みかけた。

「ありがとう、いただくわ。それからごめんんね、信くんのいい奥さんになれなくて」

そのセリフに、信之はまたくしゃくしゃと泣きそうな顔になった。

「こっちこそごめん、るりちゃんのこと幸せにしてあげられなかった」

「いいのよ、私はいつも幸せだから」

「元気で」

「信くんも」

肩を落として信之がファミレスを出て行く。その後ろ姿を見送ってから、萌はテーブルに身体を乗り出した。

「何があった？」

「何がって？」

るり子が離婚届の内容を確認し、バッグの中に押し込んだ。

「何を企んでるの？　ここですべて白状なさい」

るり子が肩をすくめて笑いだす。

「やだ、やめてよ。何にもないわよ」

「そんなわけないでしょ、今までのるり子と全然違う。絶対、何かある」

るり子は手を上げ、ウェイトレスを呼んだ。

「ビール、ふたつ」

それから萌にゆっくりと目を向けた。

「そうね、ないとは言えないかもね」

「やっぱり」

「私、変わったのよ。もう、今までの私じゃないの」

「つまり男ね」

「もちろん」

今までもすべてそうだ。髪をロングにするのもショートにするのも、ファッションをコンサバにするのもアバンギャルドにするのも、雰囲気を清純にするのもエロチックにするのも、いつだってるり子は男で決める。

今、男のせいと聞いてどこか安心していた。やっぱりるり子は、いつものるり子であってもらわなければ落ち着かない。

「で、今度は誰？　どういう人なの？」

「萌も知ってる人よ」

いくらかもったいをつけてるり子は言った。

「あら」

ビールが運ばれて来た。るり子はグラスを持ち上げて、乾杯の仕草をした。つられて萌もグラスを手にした。

るり子がとろけそうに笑っている。明らかに男に骨抜きにされている顔だ。

「で、誰？」

「リョウさん」

一瞬、何を言っているのかわからなかった。

「は？」

「だからリョウさんよ。萌のバイト先のオーナーの」

るり子がビールを口に運んだ。白くて華奢《きゃしゃ》な喉が静かに上下した。

「だって」

萌はすぐには言葉を見つけられず口ごもった。

「ふざけないでよ、こんな時に」

「もちろん、ふざけてないわ」

萌はるり子の目を覗き込んだ。確かにふざけてはいない。

「だってリョウさん、ゲイよ。そのこと、るり子も知ってるでしょう」

「もちろん知ってるわ。でも、好きになっちゃったのよ」

萌は混乱していた。るり子は自分の言っていることがわかっているのだろうか。リョウは何がどうあったって、女を愛せる男じゃない。そのリョウを好きになったと、こんなにあっけらかんと言っている。

喉の奥が渇いてぴたりとはりついて、萌はビールを一気に飲んだ。

「本気なの？」

「もちろん」

「でも、どうして。どうしてよりによってリョウさんなんて」

「私もよくわからないわ。今、わかってることは、あの人を死ぬほど好きになったってことだけ」

萌はウェイトレスに手を上げ、ビールを追加した。それさえ一気に飲み干してから、ゆっくりとるり子の顔を眺めた。

「あんたがバカだってことは知ってたけど、これほどとは思ってなかった」

るり子は満足そうにほほ笑んだ。

「私も同じ意見よ」

「十日たったわ」

萌は言った。

「うん」

短く、崇は答えた。

テーブルの上には、お好み焼きの用意がされてある。ホットプレートと溶いた粉と刻んだ野菜と豚バラ肉。るり子はいない。今夜もリョウに会いに文ちゃんの店に行っている。

「それより、食べようよ」

「話が先」

崇はいったん手にした菜箸《さいばし》を下ろした。

「別にいいじゃん、そんな深刻にならなくても。あれから結局、あいつは駅に立たなくなったろう。諦めたのさ。心配してるって言ったたって、しょせん、その程度のことなんだから」

確かに、駅前に母親の姿はなくなった。けれどもそれは諦めたからじゃない。

「君、嘘をついたわね」

萌は崇を見据えて言った。

「何のこと？」

「あの人、継母じゃないんですってね」

崇が驚いたように顔を上げた。

「本当のお母さんなんですってね。あなたを連れて再婚したんですってね。君は、新しいお父さんとうまくいかなくて家出したんでしょう」

「会ったのか」

崇の頰が緊張している。

「ええ、そうよ。会って、お母さんから色んなこと聞いたわ」

「何でそんな余計なことするんだよ」

色めき立って崇は言った。

「継母に強姦されたなんて、よくそんな大嘘がつけたものだわ。呆れてものも言えないわ。結局のところ、大好きなお母さんが別の男にとられちゃったんで妬いてるんでしょう。それで飛び出して来たんでしょう。君のやってることはおっぱいを欲しがってる赤ん坊と同じよ」

崇は椅子から立ち上がった。

「あんたに何がわかるんだよ」

「わかるわよ。もっとはっきり言ってあげましょうか。綺麗で優しくて、自分だけのものだったはずのお母さんが、新しい父親とセックスしている。それも、無理やりじゃなくて、お母さんも喜んでそれをしてる。それが耐えられなかったんでしょう」

「やめろ」

崇が背を向けた。

自分が今、どんなに残酷な言葉を口にしているか、萌はもちろん知っていた。それでも止められなかった。飾った言葉などで誤魔化すのではなく、ちゃんと傷つけようと決めていた。そうしなければ崇は大人の男になれない。

それでも口の中に苦い後悔が残った。

「お母さん、こうも言ってたわ。崇がそんなに継父を嫌っているなら別れたって構わないって。あの子を不幸にするために再婚したわけじゃないって」

答えはない。

「これで気が済んだでしょう。お母さんは夫より君を選ぶって言ってるの。そうさせたかったのよね。君の目的は達成されたわけね」

「違う、そうじゃない」

崇は首を振った。

「何が違うのよ」

「うまく言えない。でも、別れればいいって思ってるわけでもない。確かに僕はあの男が嫌いだけど、あいつ、母さんには優しいんだ」

「そう」

「ただイヤだった、そうとしか言えない。あの家の中のやけに生温い空気を吸ってるのが息苦しくてたまらなかった。母さんが、僕に気づかれないよう、こっそりするすべてのことにうんざりした」

「どういうこと?」

「つまらないことさ。物干しにタオルで隠して干してあるちゃらちゃらした下着とか、トイレの棚の奥にしまった妊娠判定薬とか、夜、ふたりの部屋から聞こえてくるどう考えてもカモフラージュでしかない音楽とか」

「それはケチをつけてるだけだわ」

「ああ、わかってる」

「まさか君は十五にもなって、母親は一生子供のために人生を犠牲にしなければならないなんて考えてるわけじゃないでしょう」

「そんなことはない」

「もう十分でしょう。それともまだ足りない？　お母さんのこと、もっと困らせたいと思ってる？」

「いや」

俯《うつむ》きかげんに崇は答えた。それから唇を噛んで、声を震わせた。

「正直言うと、駅の前に立ってる母さんを見た時、いたたまれなかった。ばあさんみたいに老《ふ》けちゃってさ、身体も何か一回り縮んじゃって」

萌は声を和《やわ》らげた。

「もう、答えは出てるじゃない」

崇がゆっくりと顔を向ける。

「そうなのか」

「そうよ。君はお母さんに心配かけたことを悔やんでる。それでいいのよ」

「でも」

「明日、帰りなさい。これ以上、こんな状況を続けてたって意味がないわ」

「そんな明日だなんて。何もそんなに急じゃなくたって」

「こういうのは、タイミングが大切なの。時間をかければいいってものじゃないわ。きっとまた、余計なことをあれこれ考えてしまうだけ」

嬉しいような淋しいような、羨ましいような切ないような、苦くて甘い感傷を萌は感じていた。崇がいなくなる。この三人の、毎日が修学旅行みたいだった生活が終わりを迎える。

「さ、お好み焼き、食べようか」

萌はそれを振り払うように快活に言い、テーブルの上のホットプレートの電気を入れた。

「最後の晩餐にしたら、ちょっと侘しいけどね」

「僕が用意したんだ」

「あ、そうか」

萌が首をすくめると、崇はようやく笑顔を見せた。


その夜、萌はなかなか寝つかれずベッドの中で何度も寝返りを打った。

喉が渇いてキッチンまでエビアンを取りに行った。振り向くと、ソファにはいつものように崇が窮屈そうに身体を丸くして眠っている。近づいて、見下ろした。生意気だけれどあどけない。憎らしいのに憎めない。図体ばかりが大きい犬みたいだ。

「よく寝てる」

小さく呟くと、「寝てないよ」と崇が言ったのでびっくりした。崇はゆっくりと身体を起こした。

「ごめん、起こした？」

「いいや、もともと眠ってなかったから」

「どうしたの、眠れない？」

「そうじゃなくて、眠ってしまいたくなかったんだ」

「どうして」

「今夜が、萌さんと過ごす最後の夜だから」

萌は少しの間、黙った。そうして崇が今考えていることを探ろうとした。けれども、すぐに無駄なことだと思い直した。自分が今、何を考えているか、それを探ればいい。萌は今、崇と自分が同じことを考えているということを確信していた。

そして、そうしてはいけない理由などただのひとつも思い浮かばなかった。むしろ、そうしないでいることの不自然を感じた。

「しようか」

するすると言葉が出ていた。

「いいの？」

「私はしたい」

「僕も。でも、本当言うと、初めてなんだ」

「知ってるわ」

「だから、すごくドキドキしてる」

「心配しないで。私の方がもっとドキドキしてるから」

崇がソファから立ち上がる。そのシルエットが夜の中に浮かび上がる。腕が伸びて、萌を抱きすくめる。それはまだぎこちない抱擁だったが、もう男の力を十分に備えていた。

崇の胸に顔を埋めると、ひなたの匂いがした。懐かしくて清潔な匂いだった。萌は崇の背に腕を回し、ゆっくりと息を吸い込んだ。

18

「何度も言うようだけれど、僕は君の気持ちに応えられない」

るり子はリョウの顔を眺めている。

美しい男はどんな表情にも風情があるが、その中でもこういった困惑の顔つきがいちばん良さを引き出すように、るり子には思える。

困惑は優しさの現われであり、優しさは迷いで、迷いはある意味で恋にとても似ている。

もちろん似ているだけのことであって、まったく違うものであるということはわかっている。それでも、るり子は胸の中にちりちりした動悸のようなものを感じる。

「絶対に男だけ？」

るり子は尋ねた。

「どういう意味？」

「バイセクシャルっていうのもあるじゃない」

「残念だけど、僕にはない」

「これからも一生そうなの？　何があっても変わらないの？」

「たぶん」

「じゃあ質問を変えるわ。今まで一度も女を好きになったことはない？　幼稚園の先生に憧れたとか、お母さんっ子だったというのでもいいわ」

「申し訳ないけど、それもないね」

るり子は息を吐く。

周りはいちゃついたカップルばかりだ。今夜は文ちゃんの店ではなく、無理を言って、お洒落なシティホテルのラウンジバーに連れ出した。恋人たちに人気のあるこんな店に来れば、少しは刺激になるかもしれないと思ったが、リョウはいつものペースで飲んでいる。

カップルというのに、ちらちらとリョウに視線を飛ばしてくる女もいる。確かにリョウは目立つ。女の気を惹かずにはおかない雰囲気を持っていて、そんなリョウの隣に座って自慢したい気持ちもあるが、肝心のリョウは、るり子に爪の先ほどの興味も抱いてない。

リョウがジンのグラスを傾けた。

「僕みたいな者に時間を費やすより、君にふさわしい男を探した方がいいと思うよ」

るり子は尋ねた。

「私にふさわしい男ってどんな男？」

「君をちゃんと愛せる男さ」

るり子はリョウの横顔を眺める。額から鼻、そして顎にと続くラインが、ダウンライトの明かりを受けてくっきりと浮かび上がっている。リョウの美しさは完璧だが、それだけでなく、その美しさに包まれた身体の中にあるすべてのものもるり子には完璧に思えた。

「私は」

るり子はベイリーズの甘い液体を口に含んだ。

「私は普通の女の一生分、ううんそれ以上、めいっぱい男たちに愛されてきたわ。いい思いもたくさんした。だから、もういいの。もう十分愛されたから」

リョウが苦笑しながら振り向いた。

「相変わらず自信家だね」

「これは敬意を表しているのよ、私を愛してくれた男たちに、ありがとうって、いつも思ってるの」

「なるほど」

「あなたが、私を女として愛せないことはよくわかったわ。でも、何も恋愛感情だけが、あなたと私をつなぐものじゃないと思うの」

「どういう意味？」

「恋愛じゃなくても、私をひとりの人間として愛せる可能性はどう？」

「難しいことを聞くね」

「私って、そんなに嫌な女？」

リョウはしばらく言葉を選ぶように口を噤んだ。

「確かに同性には嫌われてるわ、それは認める。でもそれはあっちが私と競いあおうとするからよ。競うとなったら、どんなことがあっても負けないわ。嫌われようが憎まれようが、売られた喧嘩は買うわ。それが相手への礼儀だと思ってるから。たとえばブスな女と、同じ男を好きになった時、相手がブスだからって手加減するのって、ものすごく失礼じゃない。私はしないの。どんな相手でもとことん戦うの。とことん打ちのめすの」

「いかにも君らしい」

「でも、そういうことばかりしてるわけじゃないわ。私に、女としての勝負を求めてこない女には、ちゃんと礼儀を持って接してるわ」

「なるほど」

「あなたと恋人になれないのなら、友達でもいいわ。こうして、時々一緒に飲んだり話したりする友達」

「うーん」

「こんなこと言うの、生まれて初めてよ。友達でいいなんて、ずっと男たちに言われてきた言葉だもの。そういうのって、プライドを捨てるみたいでみっともないって思ったけど、こうして自分で言ってみると、結構、真摯な気持ちなんだってわかったわ。今、ちょっと彼らに謝りたい気分。ねえ、それも無理？　それさえできないくらい、私のこと嫌い？」

　リョウはゆっくりと首を横に振った。

「いいや、君は面白いよ。話していても楽しいし、魅力的だとも思う。だからこそ言うんだ。わざわざ後悔するようなことを選ぶ必要はないってね」

「後悔するかどうかは、私が決めることよ」

「確かにそうだ」

　リョウがますます困惑したように肩をすくめる。るり子はそんなリョウを上目遣いに眺めている。話したいことはもっとたくさんあるが、これ以上、リョウの口から期待しているような言葉を引き出せるとは思えなかった。

るり子は仕方なくベイリーズを口に含んだ。

「わかったわ、もうあなたを困らせない。あなたは何も気にしないでいいわ。でも、あなたを好きになるのは私の自由。説得しようとしたって無駄よ。結局、私はいつも、私の思う通りにやっちゃうから」

「みたい、だね」

「でもね、私、いつかあなたは私を好きになるような気がするの。だって、私を好きにならない男がこの世にいるなんて、どうしても信じられないんだもの」

「君って人は、僕の手には負えそうもない」

「それって、褒め言葉ととっていい？」

リョウは苦笑しながら言葉をなくし、ジンを飲み干した。


翌朝、まだ早い時間に起こされた。

「勘弁してよ」

来月から仕事が始まる。それまで存分に朝寝を楽しもうと思っている。昨夜も寝たのは明け方だ。酔いもまだ残っている。るり子は布団の中に潜り込んだ。

「崇くん、家に帰るって」

萌の言葉で、半分目が覚めた。

「見送りぐらいしてあげてもいいかなって思ったんだけど、眠いならいいわ」

萌が部屋を出てゆこうとする。るり子は布団を跳ねのけた。

「ちょっと、そんなこと私、聞いてないわよ」

「あら、言ったじゃない。お母さんと会ったって」

「そうだけど、それと帰ることは別だと思ってた」

「どうする？　起きる？」

「うん、今すぐ行く」

ジャージーに着替えてリビングに行くと、いくらかかしこまった顔つきで、崇がソファに座っていた。

「ねえ、本当に帰っちゃうの？」

るり子は崇の隣に腰を下ろし、顔を覗き込んだ。

「いろいろお世話になりました」

崇が殊勝に頭を下げる。何だかいつもの崇と違う。すべてのことが、いつも同じところに留まってはいないということぐらいるり子にもわかっている。それでも、家族にも似たこの関係が、こんなにも唐突に失われてしまうのが切なかった。

「止めちゃいけないのよね」

るり子は長く息を吐いた。

「もともと、ここにいるのが不自然なんだもの、帰るのが当たり前なの」

萌がいつもの冷めた口調で答える。

「そうかもしれないけど」

本当は自分だって悲しいくせに、と相変わらず冷静を装う萌がちょっと憎らしくなる。

「崇くんの作ってくれたご飯、おいしかった。パスタなんか最高だった。それももう、食べられないんだ」

崇は一瞬目を伏せたが、すぐに見慣れた笑みを口元に浮かべた。

「楽しかったよ、すごく。ここで萌さんとるり子さんと暮らしたこと、絶対に忘れないから」

るり子はますます悲しくなる。

「やだ、そんなこと言うとまるで永遠のお別れみたいじゃない。これで会えなくなるわけじゃないでしょう。また遊びにいらっしゃいよ。家出したくなったらいつでも泊めてあげるから」

「うん、その時はよろしく」

崇が笑いながら頷き、ソファから立ち上がった。

「じゃあ、そろそろ」

汚いザックを肩に掛け、玄関に向かう。

その後を、るり子と萌がついてゆく。

たたきでシューズを履いて、崇が振り返った。

「いろいろありがとうございました」

初めて会った時から、三ヵ月が過ぎている。たったそれだけの時間なのに、崇はずいぶん変わったように思う。顔つきだけでなく、言葉遣いや態度から子供っぽさが消えて、どことなく余裕さえ見えるようになった。身長だって少し伸びたみたいだ。もう男の子とは呼べなくなっている。

「るり子さん、あんまり夜遊びしすぎないようにね。もう、そんなに若くないんだから」

「失礼ね、わかってるわよ」

「萌さん」

萌が頷く。

「本当に、ありがとうございました。短い間だったけれど、一緒に暮らせたのは僕にとってかけがえのない時間です」

「私もよ」

短く、素っ気なく、萌は答える。

「じゃあ」

崇がドアを開け、出てゆく。風が入り込んで来て、るり子と萌の足元を揺らす。

崇の背中が消えてしまうと、るり子は長く息を吐き出した。

「本当に行っちゃったね」

「そうね」

男が去ってゆく時、淋しい気持ちはあっても、心のどこかでホッとしているのも否めない。けれども、今日はそれがなかった。本当に、心から、崇のこれからの人生に祝福を送りたい気持ちでいっぱいだった。


新しい毎日が始まった。

青果市場の倉庫で在庫調べという仕事は、るり子にとってこの上なく不本意ではあったが、今のところ、何とか毎日出勤している。

初出勤したるり子を見た時、社員たちはいっせいに退《ひ》いた。上から下までブランドもので完璧にキメて出掛けたからだ。パートのおばさんたちは、作業服のまま家から来るらしい。つまり、そういう仕事場ということだ。けれど、周りからどう見られようとるり子は平気だった。

いつ、どんな所で、誰に見られるかわからない。出会いはいつだって唐突にやってくる。どんな時にも対応できるよう、るり子はスタンバイしている。そういったことを面倒だと感じるようになったら、女もおしまいだと思っている。

昨日、信之からマンションを出ることになったとの連絡があった。

「僕は来週には引っ越すけれど、契約は来月いっぱいまで残ってるから、るりちゃんはゆっくり整理するといいよ」

そろそろ自分の住む場所も探さなくてはならなくなったようだ。正式に離婚してからも、まるでクローゼット代わりにマンションを利用していたが、信之が出てゆくとなれば、とてもるり子だけの収入で払ってゆけない。予定より少なくはなったが信之は結局慰謝料を払ってくれた。それで新しい住居のための敷金礼金ぐらいは払える。

文ちゃんの店に顔を出せるのも、週にせいぜい一回、お休みの前だけになってしまった。もちろん本当は毎日でも行きたいのだが、勤め始めたことで、夜遊びにも限界がある。

久しぶりに顔を出すと、文ちゃんが皮肉たっぷりに言った。

「あら来たの。でもリョウは来ないんじゃないの」

そう言われると意地になる。

「来るわよ」

「約束してるわけじゃないんでしょう」

「そうだけど、私の勘がそう言うの」

「あっそ」

時間は過ぎてゆく。二時間がたった。水割りは五杯になった。やはりリョウは来ない。喋る相手もいない。退屈だけれど仕方ない。帰ってしまえばリョウとは会えない。また一週間、我慢しなければならない。ひと組いた客が帰り、店にはるり子だけになった。

「あんたさ」

文ちゃんが呆れたように近づいて来た。

「なあに？」

るり子は酔いと眠気でちょっとぼんやりしている。

「あんた、自分の将来ってものをどう考えてるの？」

「どういう意味？」

「こう言っちゃ何だけど、特殊な才能があるわけじゃなし、安定した会社に勤めているわけでもなし、年はとってゆくばかりで、自慢のその美貌だっていつか『昔は綺麗だったんでしょうねえ』ってことになっちゃうのよ。周りからどんどん男がいなくなって、あんたのことだから女友達もいないだろうし、結局は孤独に生きることになるの。老後はどうするの、路頭に迷うんじゃないの」

るり子は思わず笑いだした。

「あはは、それ、すごい」

「あんたを心配してあげてるのよ。少しは真剣に将来のこと考えたらどうなのよ」

「やあねえ、文ちゃん。どう考えたって、私がそんなふうになるわけないじゃない。私は幸せになるの。ずっと男にもてて、お金持ちになって、老後は温泉があって、気候がよくて、海の見えるお屋敷でダーリンとのんびり過ごすの」

文ちゃんが息を吐く。

「まったく楽天的というか、のーたりんと言うか、そんな幻想抱いててどうするの。もっと現実ってものを見たらどうなの」

るり子は首を傾けた。

「ねえ、不幸になることを考えるのは現実で、幸せになることを考えるのは幻想なの？」

「普通はそうでしょ」

「文ちゃん、私、知ってるわ。ものすごく頭がよくて仕事がばりばりにできた子が、仕事に没頭しすぎて精神障害起こしたの。今も仕事に復帰できないままよ。大企業に就職して一生安泰って思ってたら、会社が倒産したとかリストラにあったってことも。玉の輿と言われてた子が、ダンナに事故で先立たれちゃってパートで必死に子育てしてることも。先のことなんか誰にもわからない。幻想って言うなら、両方とも幻想でしょう。だったら幸福な方を考えていたいじゃない。その方がずっと楽しく生きられるじゃない」

文ちゃんはちょっと黙り込んだ。

「それにね、私は自分が幸せになれないなんてどうしても思えないの。だって私、いつだって幸せになるために一生懸命だもの。人生を投げたりしないもの。頑張ってるもの。そんな私が、幸せになれないわけがないじゃない」

「参ったわね」

文ちゃんが、唇の端をきゅっと持ち上げた。

「オカマの私が、あんたみたいな俗な女にお説教されるとはね」

「私、文ちゃん好きよ。文ちゃんも私と同じ、幸せになることにものすごく貪欲だから」

文ちゃんは、声を出して笑い、それからやんわりとドアに目をやった。

「今夜、リョウは来るわよ」

るり子が目を見開く。

「あら、どうして?」

「あんたが仕事を始めて、週に一回しかここに来られないこと言ったの。そうしたら、なるべく顔を出すようにするって」

るり子は思わず、見開いた目をしばたたかせた。

「それって、私に惚れたってこと?」

文ちゃんは、思い切り顔をしかめた。

「そんなわけないでしょ。同情してるだけよ。おー、やだやだ、あんたっちゅう女ときたらどこまで自惚れれば気が済むのかしら」

その時、ドアが開き、リョウが姿を現わした。

「リョウ!」

何て美しいのだろう。見ているだけで、セックスより身体がじんじんする。るり子は思わず名を呼び、手を振った。そうして、リョウが苦笑しながら近づいて来るのを、うっとりと眺めた。

柿崎から連絡が入ったのは、マンションで荷物の整理をしていた時だった。

短い結婚生活だったが、荷物はそれなりにある。これはリサイクルショップ行き、これは捨てる、というふうにひとつずつ物を振り分けてゆく。中には新品同様のものもあるが、仕方ない。ひとりの生活には不要なものだし、次に引っ越す部屋に、すべてを持ってゆけるようなスペースを確保するのも難しい。

洋服は大好きだし、アクセサリーにバッグ、靴といった具合に、るり子にとってモノは自分の力強い武器のようなものだ。いくら倉庫の仕事でも、毎日、ビシッと決めてゆきたい。けれども、それも少し考え直さなければならないのかもしれない。

もったいないと悔しいとに揺れながら、荷物を整理していた。

そんな時、携帯電話が鳴り始めた。

「はい」

「ああ、るり子さん、僕、柿崎だけど」

「あら、どうしたの？」

柿崎から連絡が入るなんてめずらしい。

「今、いいかな？」

「もちろんよ」

「実は萌さんのことで、ちょっと話したいことがあるんだ」

柿崎の声に、どことなく堅さのようなものがあった。

「何があったの？」

「何て言うか、早い話、会ってくれないんだ。どころか、ほとんど電話にも出てくれない」

るり子は皮肉を込めて言い返した。

「だって柿崎さん、奥さんが家に戻って来たんでしょう。それでいて、萌ともうまくやろうなんてちょっと虫が良すぎやしない？」

「いや、妻とは正式に離婚したよ」

「あら」

「色々もめたけど、ようやく話がついたんだ。だから萌さんに、これからのことを一緒に考えてゆこうって言ったんだけど、いっこうに返事がなくて」

「どうしてかしら」

「それがわからないから、情けないとは思ったんだけど、こうしてるり子さんに電話したんだ。何か心当たりでもあるかなって」

「全然ないわ。柿崎さんが離婚したなら、萌も嬉しいはずだと思うけど」

「うん、僕も喜んでくれるとばかり……」

柿崎の声が途方に暮れてゆく。

「いいわ、わかったわ、萌に探りを入れてみる。ストレートに聞くと、意地になっちゃうから、何となく」

「悪いね」

「いいのよ、任せといて」

るり子は携帯電話を切った。

19

柿崎は以前と少しも変わらなかった。

心地よい柔らかな声と、人から緊張感を奪い去る穏やかな笑顔を見ると、萌はちょっと嬉しくなった。

待ち合わせた代官山のオープンカフェで、ふたりは向き合った。もう冷たいものは欲しくない。そんな季節になろうとしていた。

「元気そうだね」

柿崎が言う。

「あなたも」

萌が答える。

たぶん萌の表情から、すぐに察しはついただろう。けれども、柿崎はそれで態度を変えることはなかった。大人だなと思う。大人の男は、いつもハンドルの遊びと同じものを胸の内に持っている。

萌は言葉を探した。どんな言葉が、間違えずに自分の思いを伝えることができるだろう。傲慢かもしれないが、柿崎を傷つけるようなことにだけはなりたくなかった。

柿崎のことは好きだ。それは間違いない。けれども、今の関係からもう一歩踏み込むには、好きというだけではない別の何かが必要になる。それを運命とか、縁とか、相性とか呼ぶ人もいるだろう。言葉は違っても、結局は同じなのだと思う。その何かを萌は見つけることができなかった。

萌はバッグの中に煙草を探した。それから、ふと思い出し、手を引っ込めた。

「僕のでよかったら」

柿崎がマルボロの箱を押し出す。

「ううん、いいの。やめたこと忘れてた」

「へえ、やめたんだ」

「半月ほど前にね」

「いいことだよ。僕もやめたいと思ってるのに、結局やめられない。いつでもやめられるって変な自信があるから尚更やめられないんだろうな。何かきっかけになることでもあればいいんだけど」

「そうね、何でもきっかけね。何かを変える時はいつも」

「僕は、そのきっかけというものが、どうもうまく摑めないんだ」

意外な言葉を聞いたような気がして、萌は顔を向けた。

「柿崎さんはいつも落ち着いていて、舞い上がって我を忘れたりすること、全然ないでしょう。あなたみたいな人が、本物のきっかけを摑むんだと思うわ」

「きっかけなんて、舞い上がって我を忘れるからこそ摑めるものだよ」

柿崎はコーヒーカップを口に運んだ。

萌は黙った。柿崎はきっと、上手に生きるコツを知っている。他人に不快感を与えたり、人生を放り出すようなこともしない。そして、たぶんそんな自分に少し失望している。

「あなたは素敵だわ」

萌が言うと、柿崎は苦笑した。

「ありがとう」

「お世辞じゃないわ」

「わかってるよ、嬉しいよ」

それから他愛無い話をした。今年は秋が早そうだ、とか、紅茶は身体にいいとか、目の前を通ってゆくアーモンド型の目をした犬のこととか、そんな話だ。

陽は陰り、風が少し冷たくなってきた。

「そろそろ行こうか」

「ええ」

ふたりは席を立ち、店を出た。萌の勝手を少しも責めず、どころかその話にさえ触れようとしない柿崎の思いやりに、萌は切ない気持ちになった。

「柿崎さん、私のことを真剣に考えてくれて、本当に嬉しかった」

「そうか」

「ありがとう」

「よかった」

「何が？」

「ごめんなさい、なんて謝られたら参るなって思ってた」

その言葉を言わなくて、よかったと萌も思う。謝るなんて、いちばん相手を傷つける。恋に、どちらか片方が悪いなんてことはない。どちらも正しいか、どちらも間違っているか、そのふたつしかない。

「じゃあ、ここで」

駅前で、柿崎が言った。

「元気で」

萌は答えた。

「君も」

柿崎が背を向ける。ほんの少し、後悔に似た苦いものが胸に広がった。けれども、その苦さも悪くはないと萌は思った。


体調が悪い。

身体は熱っぽく、だるさが抜けない。食欲がなくて、無理して食べると戻してしまう。だからここのところほとんど何も食べていない。

本屋のレジに座っていても、萌は何度も席を立った。トイレに行っても食べていないので、出るものはない。それでも胃がせり上がってくるような不快感と戦っている。

トイレから戻って来ると、レジ前にリョウが立っていた。萌の顔を見て、少し驚いたようだ。

「どうしたの、どこか具合でも悪いのかい？」

「ちょっと気持ちが悪いの。でも、大したことないから」

萌は答え、カウンターに入って椅子に腰を下ろした。

「風邪？」

「ううん」

「変なものでも食べた？」

「そうじゃないの」

「医者に行った方がいいんじゃないか。今日はもういいから、後は僕がやるよ」

「大丈夫、病気じゃないから」

萌が言うと、リョウは頷いてから少し考え、それから再び尋ねた。

「病気じゃないってどういうこと？」

「だから、何て言うか、よくある症状なの。ちょうど今がそういう時期なの」

また考え込み、それからリョウは目を丸くした。

「まさか、それって。いや、まさかね、そんなことあるわけないか」

萌はうっすらとほほ笑んだ。

「たぶん、それ」

「えっ」

「そう、私、赤ちゃんがいるの」

初めて口にした。口にすると、ひどく満ち足りた気分になった。

一週間前、医者から言われたばかりだった。

「八週目に入ったところですね」

すでに妊娠検査器で陽性が出ていて、予想はしていたものの、医者から告げられた時はやはりびっくりした。自分が妊娠するなんて、どうにもピンとこなかった。

それでも、悪阻《つわり》らしい症状が現われると、自分の身体が確実に変わり始めていることを実感した。妊娠している。赤ん坊がいる。この身体の中で確かに生きている。

「すごいじゃない。おめでとう」

リョウは細かいことはいっさい聞かなかった。ただ、素直に祝福してくれた。

萌は笑顔で答えた。

「ありがとう」

嬉しさが満ちてゆく。

そう、私はお母さんになる。


るり子はしばらく絶句した。

「生まれるのはまだ先なの、来年の初夏ってところかな」

萌は立ってキッチンに入った。別にすることはないのだが、るり子と顔を合わせているのがどことなく居心地が悪かった。

「コーヒー飲むでしょ？」

返事はない。

仕方なく、萌はるり子のためにコーヒーの用意をする。自分用には果汁百パーセントのりんごジュースだ。

「産むのよね」

るり子のかすれた声が聞こえた。

「もちろん」

「柿崎さんと会った時にはもうわかってたの？」

「まあね」

「だったら、どうして」

るり子がキッチンに入って来た。

「なに？」

「だったらどうして柿崎さんと別れたのよ。柿崎さんはもう独身なのよ。その上、萌とちゃんとやってゆきたいって考えてるの。なのにどうしてわざわざシングルマザーを選ばなくちゃならないの。結婚すればいいじゃない。何も問題ないじゃない」

「だって、柿崎さんの子供じゃないもの」

るり子が目をしばたたき、口をぽかんと開けた。

「は……」

それから、ほとんど悲鳴に近い声で言った。

「ちょっと待ってよ。じゃあパパは誰なのよ。萌、他にそういう人がいたわけ。私、全然聞いてないわよ」

コーヒーメーカーがぽこぽこ呑気な音を立て始めた。

「この子は私の子、それだけじゃダメ？」

るり子の目が、コーヒーをいれる萌を凝視している。

「それはいいわよ、私だって野暮なこと言うつもりはないわよ。でも、相手のこと私にも言えないなんて、それって何か悲しいじゃない。五歳の時からの付き合いっていうのに」

るり子の声がちょっと怒っている。

「ごめん、言えないわけじゃないわ。ただ、驚くだろうなって思って、なかなか言えなかったの」

「そんなに私が驚くような相手なの？」

「たぶん」

るり子はすぐに何かを察したようだった。

「もしかして？」

「コーヒーにミルク入れる？」

「そうなの？　ね、ね、そうなの？」

萌はゆっくりと首を縦に振った。

るり子は壁に寄り掛かり、ため息に似た声で呟いた。

「そうか、崇くんなんだ」

「砂糖はいらないわよね」

るり子は呆れたように萌を眺めている。

「崇くん、このこと知ってるの？」

「まさか」

「だろうね。で、それで萌はいいの？」

「いいの」

「どうして？　崇くんが若すぎるから？」

萌はトレイにカップとグラスを乗せた。

「確かにそれもある。でも、それだけじゃなくて、私、今、すごくいい感じなの。気持ちが安定して、見るものも聞くものもみんなすごく楽しくて、お腹の中から幸せホルモンがぷるぷる出てくるみたいなの。満ち足りてるの。それでもう十分なのよ」

るり子は長く息を吐いた。

「そっか、幸せホルモンか」

「こんな気分、生まれて初めてよ」

「ふうん、ま、それならそれでいいわ。崇くんの遺伝子なら、きっといい子が生まれるだろうし」

それからるり子は食器棚のガラス戸を開いて、グラスを取り出した。

「私、コーヒーやめる。ウォッカにする」


悪阻も大分おさまった。

まだ目立つほどではないけれど、お腹も少し出てきたように思う。三日前の検診で順調に育っていると言われた。超音波で見る赤ん坊の小さな手や足、心臓が動いている様子は、目の端がちょっと潤みそうなくらい愛しかった。

こうなってみるまで、赤ん坊なんて全然興味がなかった。むしろ、うるさくて甘ったるい匂いがして嫌いだった。赤ん坊が嫌いなんて言うと、人でなしみたいに思われそうで口にはしなかったが、何となく自分は一生子供を産むようなことはないだろうと思っていた。

人生ってわからない。

もしかしたら、他人には無謀なことに映るかもしれない。確かに、いろんな選択があると思う。その選択のどれが正しいかなんて、生きてみなければわからない。赤ん坊ができたとわかった時嬉しかった。それが崇の子であることが幸運に思えた。産みたいと思った。そのシンプルな気持ちが、たぶん、自分を一生励ましてくれるだろう。


ドアの向こうに崇の姿を見て驚いた。

「こんにちは」

屈託ない崇がそこに立っている。

やはり動揺しそうになった。それを何とか抑えて、萌は出迎えた。

「びっくりした。まさか、また家出じゃないわよね」

崇が首をすくめる。

「ちょっとふたりの顔を見たくて寄ったんだ。今日は確かるり子さんもお休みだよね」

「るり子、今、コンビニに行ってるの。すぐ帰って来ると思うけど、上がって」

「うん」

内心、ちょっと困ったなと思いながらも、崇を居間に招き入れた。

「萌さん、ちょっと太った？」

「そう？　やっぱり食欲の秋かな」

「前が少し痩せてたんだよ。今の方がずっといい」

「ありがとう。お茶をいれるね」

萌はキッチンに入る。コーヒーの用意をしながら、動悸を何とか鎮《しず》めようとする。だから自分から声を掛けた。

「元気そうで安心したわ。家の方はうまくやってるんだ」

「うん、まあ何とかね。でも、そう全部はうまくいかないよ」

「焦ることないわ、時間はたっぷりあるんだもの」

コーヒーを持って、居間に戻った。テーブルを挟んで崇と向き合う。少し見ない間に、また大人っぽくなったように思う。

「実は僕、イギリスの高校に編入することになったんだ」

萌は思わず顔を上げた。

「色々考えて、自分を今までとまったく違う状況に置いてみようって思ったんだ。何をやりたいとか、具体的な目的はまだないんだけど、言葉もロクにできない中で、ひとりになって自分を少し試してみようってね。そのこと話したら、最初はすごくしぶってたんだけど、おふくろも、おふくろのダンナも最終的には賛成してくれた」

「いつ?」

「来週には発つつもりだよ」

「急なのね」

「決めたら、じっとしてられなくて」

「どれくらいの予定?」

「うまくいけば、そのまま大学に進学することも考えてるんだ」

「そう」

「どう思う？」

「いいじゃない」

「本当にそう思う？」

「もう決めてるんでしょう」

「まあ、そうだけど」

「だったら迷わないこと」

「そうだね」

るり子が戻って来た。崇の顔を見ると「あっ」と小さく叫んで立ち尽くした。

「るり子さん、久しぶり。市場の仕事、ちゃんとやってる？」

「うん、何とか。どうしたの？」

萌が説明した。

「イギリスに留学することが決まったんだって」

「本当に」

るり子が萌の隣に腰を下ろし、困ったような顔で崇と萌を交互に眺めている。

「将来は、世界を股に掛ける男になってやる、なんてね」

崇がふざけて言う。るり子は黙っている。崇は怪訝《けげん》な表情をした。

「どうしたの、るり子さんいつもと違う。何か元気ないみたいだけど」

るり子が何か言おうとするのを、萌は遮った。

「ねえ、イギリスのどこ？」

「スコットランドの田舎町だよ。死んだオヤジの友達がいるんだ。いずれはオックスフォードかケンブリッジに行きたいなぁなんて思ってる」

「いいじゃない、前途洋々だ」

「うん、頑張るよ」

崇の顔は輝いていた。未来だけを見つめ、自分を信じている。萌がいちばん好きな、崇の表情だ。

「じゃあ僕はそろそろ。今から旅行会社にチケットを取りに行かなくちゃいけないんだ」

「あ、そう」

萌と崇が椅子から立ち上がる。

るり子が顔を上げ、崇を引き止めた。

「崇くん」

「うん」

思わず萌はどきどきした。るり子は何を言うつもりだろう。

「むちゃくちゃいい男になりなさいよ」

崇はくしゃっと笑った。

「ああ。今度ふたりと会う時、びっくりさせてやるよ」

萌は崇を見ていた。崇のその無邪気で少し切ない笑顔を忘れないでおこうと思った。

崇の姿が消えた玄関先で、萌はしばらく立ち尽くしていた。

「本当にこれでいいのね」

隣で同じように立ち尽くしているるり子が言った。

「そう、これでいいの」

「後悔はない？」

「後悔？　考えたこともないわ」

「萌、大した女だわ、あんたって」

「惚れ直したでしょ」

ふたりは顔を見合わせて笑った。


月下美人を見た。

るり子とふたりで、夕食がてら、近所の居酒屋に出掛けた帰りのことだ。

秋風が耳の裏をひんやりと撫でて、辺りはすっかり秋の気配に満ちていた。

いつも何気なく通り過ぎてしまう住宅の垣根の奥に、白っぽく光る大きな花を見つけて、萌は思わず足を止め、覗き込んだ。

「なあに？」

ほんのり酔ったるり子が、萌と一緒になって垣根の奥を覗いた。

「あれ、月下美人よ」

そこにだけ月の光が集まったように、闇の中に白くふわりと咲いている。ちょうど両手で包み込めるくらいの、ゆったりとした丸みを帯びて、柔らかな匂いが萌たちのところにまで流れてきた。

「きれいね」

「ほんと」

「すごく色っぽい、エッチっぽい」

「一晩だけよ、咲くの」

「ちゃんとおしべとヤレるといいわね」

「確かこれって、同じ株のおしべとめしべじゃ実が結ばないはずよ」

るり子は感心したように頷いた。

「なるほどね。手近なところで妥協しないんだ。女の鑑《かがみ》だわ」

「聞いたことあるわ。月下美人って、ひとつの株から増えていったものは、どこに植えられても、同じ夜にいっせいに花が開くんだって」

「ふうん、ちょっといいじゃない、その話」

「あ」

「なに？」

「もしかしたら、動いたかも」

萌は思わず下腹に手を当てた。

「へえ」

「おならかと思ったけど」

「やぁねえ、情緒がないんだから」

再びふたりは歩き始めた。

夜が、柔らかな羽根のように、萌とるり子の上に降りている。

「るり子、私のことは気にしなくていいから。早く新しい部屋を探しなさいよ」

言うと、るり子はいくらか頰を膨らませた。

「仲間外れにしないでよ」

「そんなこと言ってないでしょ」

「私ね、その子は萌と私の子供だと思ってるの。考えてみたら、お母さんがふたりいるなんて、なんてラッキーな子なのかしら。それも、こんな美人のお母さんなのよ」

萌は声のトーンを落とした。

「るり子を巻き込みたくないのよ」

「今更何を言ってるのよ。五歳の時から一緒なのよ。別れて暮らしたって、きっと気になっていつも萌んとこ来てるわ。だったら同じことよ。いいじゃないの、一緒に暮らそうよ。こういう運命なのよ、私たち」

萌は言葉に詰まった。何か言うと、泣いてしまいそうな気がした。

るり子が付け加えた。

「三人で暮らしたら、きっとすごく楽しいわ。それでね、いつかリョウもモノにするから、彼も引っ張り込んで四人で暮らすの。あ、そうすると文ちゃんもついて来たりするかなぁ。ま、それもいいけどね。みんなまとめて家族になればいいんだから」

「るり子」

「なに？」

「あんたって、本当は肝っ玉母さんだったのね」

「それだけは勘弁してよ」

顔を見合わせて笑い合った。

夜が静かに更けてゆく。

夜はいつだって、朝を連れてくる約束を必ず果たす。だから、人は安心して眠りにつける。

ふたりは再び歩き始めた。

◉——本書は「鳩よ!」一九九九年四月号~二〇〇〇年一一月号に連載された作品を加筆修正したものです

肩ごしの恋人

二〇〇一年九月二〇日　第一刷発行

著者——唯川《ゆいかわ》　恵《けい》

発行者——石崎　孟

発行所——マガジンハウス

東京都中央区銀座3-13-10　〒一〇四-八〇〇三

電話番号　販売部　〇三(三五四五)七一三〇

編集部　〇三(三五四五)七〇三〇

装丁——杉田達哉

印刷所——凸版印刷

製本所——積信堂

ISBN4-8387-1298-7　C0093

乱丁本・落丁本は小社販売部宛にお送り下さい。
送料小社負担にてお取り替えいたします。
定価はカバーと帯に表示してあります。